MÄRCHENHAFT

Das erste Buch voller lieblicher Prinzen
und
tollkühner Maiden

zusammengetragen und zu Papier gebracht

von

Ulrike Nolte

Illustrationen Joachim Krause

Debüt
VERLAG

Impressum

Originalausgabe

www.debuet-verlag.de

Druck: Alinea Digitaldruck, Dresden
Covergestaltung: Joachim Krause
Illustration: Joachim Krause
Lektorat / Satz: Debüt-Verlag
ISBN 978-3-942086-02-8

Inhaltsverzeichnis

Der Meerprinz

Manchmal, wenn man mit einem Schiff über den tiefen, dunklen Ozean fährt, sieht man es dort unten geheimnisvoll glitzern und leuchten. Das mag nur ein Funkeln der Sonne auf den Wellen sein, doch vielleicht ist es auch der wandernde Palast des Meerprinzen ...

Seht ihr, wie aus der Tiefe ein gläsernes, leuchtendes Gebilde heraufsteigt? Ein rundes Kuppeldach wölbt sich hauchzart darüber, wächst und schrumpft in einem pulsierenden Rhythmus, der das Schloss vorantreibt. Viele schimmernde Kammern befinden sich darin, in denen der Hofstaat des Nixenvolkes lebt. Und in einem dieser durchsichtigen Gemächer wuchs der Meerprinz auf. Kaum war er aus seinem perlmutternen Ei geschlüpft, steckte er schon voller Neugier und Tatendrang, so dass seine Amme ihm kreuz und quer durch den Palast nachschwimmen musste, während er jeden Winkel erkundete: die Garderoben der Hofdamen, die Wohnkörbe für dressierte Kraken und die Rüstkammer der Dreizackträger, die draußen auf die Jagd gingen und Fische für die Speisetafel hereinbrachten. Die Amme ließ ihn gewähren, doch warnte sie stets: »Versuche nie, das Schloss zu verlassen, denn die Welt draußen steckt voller Gefahren. Nur hier hinter den gläsernen Wänden sind wir sicher.«

Tatsächlich wagte sich kein noch so hungriges Raubgetier in die Nähe des Palastes. Einmal hatte der Prinz gesehen, wie ein Hai versuchte, ein unvorsichtiges Nixenfräulein zu erwischen, das auf den Meeresgrund getaucht war, um Korallenschmuck zu ernten. Sie hatte sich noch rechtzeitig hinauf gerettet, so dass der Hai im Blutrausch gegen eine der trügerisch zarten Wandhäute geprallt war. Sofort hatte das Nesselgift ihn betäubt, das Schloss hatte ein Dutzend Fangarme ausgestreckt und ihn verspeist.

So hielt sich der Prinz an die Warnung seiner Amme, selbst als er schon ein junger Mann geworden war, und verließ den Palast nie. Doch konnte er stundenlang voller Sehnsucht auf die bunte Welt starren, die draußen vorüber zog. Da gab es Leuchtfische in der pechschwarzen Tiefe, Felslandschaften voller Seeanemonen, Tangwälder mit spielenden Robben, geheimnisvolle Lavahöhlen und singende Wale. Kurz nach seinem mit großem Pomp gefeierten dreißigsten Geburtstag (an dem die Meerleute volljährig werden, denn sie leben doppelt so lange wie wir Menschen und reifen daher auch langsamer heran) geschah es jedoch, dass seine Sehnsucht übermächtig wurde. An diesem Tag nämlich schwebte der lebende Palast über ein hölzernes Wrack hinweg, das halb verschüttet auf dem Sandboden lag. Deutlich sah man die Überreste der vier Masten, das gespenstisch in der Strömung wehende Segeltuch und die geschnitzte Gallionsfigur in Gestalt einer Seejungfrau.

Da konnte der Meerprinz nicht länger widerstehen, denn etwas Ähnliches hatte er noch nie zuvor gesehen. Er schwamm aus dem schützenden Schloss heraus und tauchte hinunter zum Meeresgrund, um das seltsame Gebilde zu erforschen. Staunend betrachtete er jedes fremdartige Detail, die rostigen Nägel, die geflochtenen Taue und den Anker an seiner Kette. Dann wagte er sich in das Innere des Seglers, wo ihn Kanonendecks und ein Laderaum voller vermoderter Teekisten erwarteten. Muränen hausten in durchlöcherten Rumfässern, und die Hängematten in den Schlafkajüten waren von Seesternen bedeckt.

Erst als der Prinz alle Räume des Schiffes von oben bis unten erkundet hatte, kehrte er zum Schloss zurück und bestürmte fortan die Bewohner mit Fragen über das Menschenvolk. Viel Auskunft erhielt er nicht, denn von der Hofgesellschaft teilte niemand seine Wissbegier, und man hatte die seltsamsten Vorstellungen von den Sitten und Gebräuchen der Landbewohner. Als der Prinz seiner Amme eine Tabakpfeife zeigte, die er zum Andenken mitgenommen hatte, beteuerte sie, solcherlei benutzten die Menschen als Musikinstrument. (Tatsächlich gab das Stück beim Hineinblasen gurgelnde Töne von sich.) Einen löcherigen Schuh hielt sie für eine Kopfbedeckung, die sich unter dem

Kinn festschnüren ließ.

Den Prinzen lockte fortan seine Neugier immer wieder aus dem Schloss. Jedes Mal, wenn es einer Küste nahe kam, schwamm er davon und betrachtete aus der Entfernung das Treiben an Land. Er sah die Goldsucherhütten von San Francisco, die weißen Türme von Lissabon und die schwimmenden Märkte der Halong-Bucht. Die Menschen bemerkten ihn nie, und so wurde er von Mal zu Mal wagemutiger. Als das Schloss am Delta des Flusses Mahandi entlang trieb, der in das geheimnisvolle Reich Indien führt, schwamm der Prinz zum ersten Mal in das Brackwasser eines Festlandstroms hinein. Umgeben von den Bäumen eines Mangrovenwalds, dessen Pfahlwurzeldickicht wie eine Verbindung von Land und Ozean erschien, fühlte er sich fast heimisch. Von seiner Neugier angespornt, bewegte er sich weiter den Fluss hinauf, zwischen Reisfeldern hindurch, auf denen Bauern ihrer Arbeit nachgingen, bis zur tausendjährigen Stadt Cuttack. Welch eine Pracht empfing ihn dort, als er den Kopf aus dem Wasser steckte! Da gab es Maharadschapaläste aus reinstem Marmor, goldene Tempel, ehrwürdige Moscheen und ein Markttreiben am Ufer, auf dem es vor bunt gekleideten Menschen nur so wimmelte.

So fasziniert war der Prinz von den tausend verschiedenen Gesichtern dieser Stadt, dass er viel zu spät bemerkte, wie ihn nach und nach die Kräfte verließen. Als Geschöpf des Meeres wirkte das Süßwasser auf ihn wie ein schleichendes Gift, doch woher hätte er das wissen sollen? Ermattet und von Schwindel befallen versuchte er seinen Weg zurück zu finden. Er tauchte das Flussbett entlang, während über ihm allerlei Boote dahin trieben, und hätte sich mehr als einmal fast in einem ausgespannten Fischernetz verfangen. Mit jeder Minute fiel ihm das Schwimmen schwerer, und so war er vom rettenden Ozean noch weit entfernt, als ihm die Sinne schwanden. Der Fluss schwemmte ihn stromabwärts und warf ihn an einer seichten Biegung ans Ufer, die zum Landsitz eines Fürsten gehörte. Der glatt polierte Stein, auf dem er strandete, diente dem Gesinde des Hauses als Waschstelle. Hier fand ihn ein junger Küchengehilfe aus der niederen Kaste der Shudras. Sein Name war Ganesh, so wie der Gott des Glücks.

Nun ist zu erwähnen, dass die Meerleute für unser menschliches Auge von fast überirdischer Schönheit sind. Der Prinz hatte perlmutterne Haut, die vom Licht berührt in wechselnden Farbmustern schillerte. Sein Haar reichte ihm bis zu den Hüften und war blaugrün wie der Ozean. Der Unterleib besaß die Form eines kräftigen, biegsamen Seepferdschwanzes mit schaumweißen Schuppen. Er sah aus wie ein fremdartiger Gott, der den Wellen entstiegen war.

Ganesh kannte viele Geschichten, die sich um die Matsya-kanya, die Fischmenschen rankten. Aber er hatte sie stets für Fabelgeschöpfe gehalten wie die geflügelten Garudas, die man aus Stein gehauen an Tempelsäulen sah. Nun jedoch lag dieses Halbwesen in Fleisch und Blut vor ihm, und der Küchengehilfe hatte nie etwas Schöneres gesehen. Bezaubert kniete er auf dem glatten Fels nieder, beugte sich herab und küsste dem

Gestrandeten den Hals, um seine Kiemen zu beatmen. Da schlug der Prinz für einen Moment die Augen auf und sah ihn an. Aus seinem Mund drang ein Geräusch wie das Rauschen von Meereswogen, und Ganesh wusste in seinem Herzen, was er zu tun hatte. Ohne Zögern band er eines der prächtigen Boote los, die seinem Herrn gehörten und mit einem Baldachin gegen die brennende Sonne abgeschirmt waren. Er trug den Prinzen an Bord und stakte das gestohlene Boot flussabwärts in Richtung des offenen Meeres.

Ganesh legte seine ganze Kraft in die Arbeit, und schon bald befanden sie sich im Labyrinth des Mangrovenwalds, wo die Gavialkrokodile im Blätterschatten trieben und ihren Weg mit gelben Schlitzaugen verfolgten. Wann immer Ganesh seine Lippen auf die Kiemen des Prinzen presste, erwachte dieser aus der Betäubung und betrachtete ihn mit grünen Jadeaugen. An der Küste angelangt, küsste Ganesh den Prinzen ein letztes Mal. Er hob ihn in seine Arme und fühlte die kühle Geschmeidigkeit der Schuppenhaut, atmete den Duft von Seelilien ein, der dem Meergeschöpf anhaftete. Dann ließ er ihn über Bord ins klare Wasser gleiten. Das Letzte, was er von dem Prinzen sah, waren grüne Edelsteinaugen und ein schneller Schwanzschlag, der den Nixenkörper in die dunkle Tiefe beförderte. Auf den Bootsplanken aber lag eine einzige schimmernde Schuppe, so groß wie ein Granatapfelblatt, die Ganesh aufhob und als Erinnerung an seinem Herzen bewahrte.

Der Küchengehilfe kehrte nicht zu seinem Herrn zurück. Dort hätte ihn nur die Peitsche oder Schlimmeres erwartet. Er ließ das gestohlene Boot an der Meeresküste liegen und wanderte ziellos ins Land hinein, verdingte sich für eine Reismahlzeit hier und dort als Tagelöhner, bis er endlich die Hauptstadt erreichte, zu der alle Wege führten. Es war die Zeit des Bali Yatra-Festes, bei dem sich ganz Cuttack in einen riesigen Basar verwandelt. Unter den vielen Zeltdächern saßen Händler in fremdländischen Trachten, die mit kehligen Rufen ihre Waren anpriesen. Ganesh sah Stände mit Kupferschmuck und feinem Seidentuch, mit tausenderlei Gewürzen und Schnitzereien aus Elfenbein. Als er durch eine enge, düstere Gasse kam, die vom Trubel der Hauptstraßen abgeschnitten war, trat plötzlich unter einem schwarzen Zeltdach ein Mann hervor. Sein graues Haar hing ihm verfilzt über den Rücken, sein Gewand war mit Amuletten benäht, und auf Stirn und Wangen trug er seltsame Symbole, die ockerfarben und kreideweiß das Gesicht zierten.

»Du hast Meeraugen, Bursche«, sagte der unheimliche Alte. »Ich sehe wohl, das Wasservolk hat dich in seinen Bann geschlagen. Wenn du mir gibst, was ich verlange, will ich dir einen Trank dafür brauen. Er wird dich in einen Matsya-kanya verwandeln, so dass du deine Liebe wiederfinden kannst.«

»Und was verlangst du dafür?«, fragte Ganesh.

»Das Kostbarste, was du besitzt, und ein Jahr Arbeit dazu.«

Ganesh dachte eine Weile darüber nach. Dann nickte er und streifte den Ring ab, den seine Mutter ihm vererbt hatte. Aber der Hexendoktor lachte nur. »Nein, solchen Tand meine ich nicht. Das hier ist es, was ich verlange.« Er tippte mit einem spindeldürren Finger dorthin, wo Ganesh die Nixenschuppe verborgen hatte.

Ganesh erschrak und zögerte. Doch was konnte ihm dieses Andenken nützen, wenn er den Prinzen selbst niemals wieder sehen sollte? Also holte er die Schuppe hervor und gab sie dem Hexendoktor zur Bezahlung.

»Gut, gut«, murmelte der Alte. »Sehr selten und wertvoll ist jederlei Pulver aus Nixenleibern. Noch besser eignen sich Knochen oder Fingernägel, aber auch eine Schuppe hat ihren Zweck. Fein gemahlen reicht schon ein Zehntel davon, um einem Feind die Wasserdämonen auf den Hals zu hetzen, so dass sie ihn bei nächster Gelegenheit ertränken.«

So wurde Ganesh zum Diener des Hexenmeisters, und oft wünschte er sich, den Handeln nie geschlossen zu haben. Tag und Nacht wurde er mit Schlägen und Verwünschungen zur Arbeit getrieben, musste Froschaugen mit dem Mist heiliger Kühe verkneten, musste Ratten melken, Krokodilschwänze häuten und Kessel voller Blut aufkochen. Aber schließlich ging auch dieses Jahr vorbei, und Ganesh forderte seine Belohung.

»Die sollst du erhalten, Junge«, kicherte der Hexenmeister, öffnete eine silberne Truhe und holte ein winziges Fläschchen mit meerblauer Flüssigkeit heraus. »Ein einziger

Tropfen genügt für die Verwandlung«, sagte der Alte und fuhr boshaft fort: »Freilich wird er nicht sehr lange vorhalten. Vielleicht einen vollen Tag, dann wirst du merken, dass dir das Atmen schwer fällt und das Ertrinken bevorsteht. Doch keine Sorge, Shudra Ganesh, du musst nur schnell genug einen weiteren Tropfen nehmen, um deine Kiemen zu behalten.«

»Was ist, wenn ich den Trank aufgebraucht habe?«

Der Alte grinste und wiegte den Kopf hin und her. »Dann gibt es nur noch den Zauber der Meerleute selbst, der dich retten kann. Du hast wohl davon gehört?«

»Gewiss«, sagte Ganesh mit erhobenem Kinn. »Wenn ein Matsya-kanya mir seine Liebe schenkt und Treue schwört ...«

»Dann wirst du wahrhaftig einer von ihnen werden. Nun, das sollte einem hübschen Burschen wir dir leicht fallen. Auch wenn dir nur ein Mondeslauf bleibt, bis der Trank zur Neige geht.«

Ganesh hatte wenig Hoffnung auf ein glückliches Ende. Aber ein Monat bei dem Prinzen mit den Jadeaugen war es wert, dafür zu sterben. Also nahm er das Fläschchen und wanderte, bis er an die Küste kam. Dort legte er seine Kleider ab, zog den Stöpsel aus dem Flakon und trank. Das Gefühl war wie scharfe Messerklingen, die seine Beine entlang fuhren. Ganesh blickte an sich hinab und sah, dass das Fleisch von den Hüften her zusammenwuchs und eine Schuppenhaut sich darüber legte. Er fiel in den Uferschlamm, als seine Füße sich verwandelten, und zog sich mühsam mit den Armen dem Wasser entgegen. In Nixengestalt schwamm er ins offene Meer hinaus, ein perlmuttern schimmerndes Geschöpf, die Augen blau wie Lapislazuli, das Haar und der Fischschwanz dunkelgrün wie Seegras.

Das Schicksal war ihm gnädig, und so trieb der Palast gerade an diesem Tag nah genug vorbei, damit Ganesh den Gesang seiner Bewohner vernehmen und den Weg zu ihnen finden konnte. Als er auf Sichtweite herankam, erblickte er das lebende Schloss der Matsya-kanya: eine gewaltige Meduse, eine tempelgroße Schirmqualle, deren giftige Fangarme wohl dreißig Meter weit reichten und nach Beute haschten. Ganesh erbleichte, aber er nahm seinen Mut zusammen und schwamm in den Tentakelwald hinein. Wie ein Dickicht aus durchsichtigen Lianen umgaben ihn die zuckenden Fangarme, und als er einen von ihnen berührte, fürchtete er, nun habe sein letztes Stündlein geschlagen. Doch er kam wohlbehalten im Inneren des Medusenkörpers an, denn wie alle Meerleute war er immun gegen das Nesselgift.

Eine seltsame Musik aus Nixengesang, Wasserharfen und Tritonshörnern führte ihn durch ein Labyrinth aus durchsichtigen Kammern, bis er den Ballsaal erreichte. Dort gab der Meerkönig soeben ein prunkvolles Fest: Nixendiener eilten zwischen den Gästen umher, um berauschenden Algenwein auszuschenken. Tanzende Paare schwebten schwerelos durch den Saal und füllten das Kuppeldach. Zwischen ihnen sah Ganesh den Prinzen, der in ein wehendes Gewand aus Seegras und Perlen gehüllt war.

Wie in Trance tauchte Ganesh auf ihn zu, und in der Ballgesellschaft erhob sich ein Murmeln und Flüstern. Man hatte lange keinen Fremden mehr im Schloss gesehen, und erst recht keinen Jüngling von solcher Anmut. Selbst der Prinz schaute ihm bezaubert entgegen, aber in seinen Augen zeigte sich kein Erkennen. Das Elixier hatte Ganesh allzu sehr verwandelt. So sagte der Prinz nur, als der junge Wassermann sich vor ihm verneigte: »Wie seltsam ... mir ist, als hätte ich dich einmal im Traum gesehen.«

Ganesh konnte ihm keine Antwort geben, denn er war stumm. Der Trank des Hexenmeisters hatte ihm nicht die Fähigkeit verliehen, unter Wasser zu sprechen. Stattdessen berührte er seine Lippen mit einem bedauernden Kopfschütteln, und der Prinz nahm seine Hand, um ihn zum Tanz zu führen. Die ganze Nacht hindurch tanzten sie, und der Prinz fand großes Gefallen an seinem geheimnisvollen Gefährten.

Als aber die Strahlen der Morgensonne durch die Wellen brachen, da hatte Ganesh das Gefühl, als würde eine grausame Hand ihm die Kehle zuschnüren und als würde ein glühendes Schwert durch seine Schwanzflosse schneiden. Mitten im Tanz riss er sich los und floh aus dem Schloss, bevor seine Verwandlung offensichtlich wurde. Der Prinz eilte ihm nach, doch ins freie Meer wagte er sich nicht. Seit sich die Worte seiner Amme bewahrheitet hatten und er nur knapp dem Tod entronnen war, blieb er stets gewissenhaft hinter den schützenden gläsernen Wänden.

Ganesh beherrschte sich mühsam, bis er außer Sichtweite des Prinzen gelangt war, dann erst griff er nach dem Fläschchen und trank. Während das Elixier sein Werk tat, sank er todesmatt zwischen die Korallen. Er sah das Schloss über sich davon treiben und war zu schwach, um ihm zu folgen. So kam es, dass er die Meduse erst Stunden später wieder fand, als die Nacht hereingebrochen war und das zarte Geschöpf in seinem eigenen Phosphorlicht erstrahlte. Der Glanz war wie ein Leuchtfeuer, das Ganesh die Richtung wies.

Abermals tauchte er zwischen den Fangarmen hindurch und durchwanderte viele Kammern, bis er die große Halle vor sich sah. Diesmal erwartete ihn dort ein prächtiges Ritterturnier, bei dem die Meerleute ihre Geschicklichkeit und Kampfeskraft erprobten. Eine Nixe mit schwarzem Hummerschwanz stand in der Mitte der Arena, hatte ihre Gegnerin in den Staub geworfen und das Horn eines Narwals an ihre Kehle gesetzt. Die Zuschauermenge klatschte ihr Beifall, und sie verneigte sich stolz vor dem Königspaar. Dann erklangen Muschelfanfaren, und die nächsten Duellanten kamen auf gesattelten und gezäumten Seelöwen herein geprescht. Einer von ihnen war der Prinz, der nun eine Rüstung aus bronzenem Fischleder trug.

Sein Blick fiel auf Ganesh, der noch immer scheu am Saaleingang stand. Da schien er seinen Duellgegner ganz zu vergessen, zügelte sein Wasserross und lenkte es quer durch die Arena auf Ganesh zu. Bei dem Jüngling angekommen verneigte er sich anmutig und senkte seine Lanze. »Darf ich dich um ein Zeichen deiner Gunst bitten, holder Fremder?«, fragte er lächelnd.

Da Ganesh nichts besaß, was er dem Prinzen hätte geben können, löste er eine Schuppe von seinem Nixenschwanz. Der Prinz nahm sie entgegen, als sei sie die größte aller Kostbarkeiten. Er steckte sie an seine Rüstung, so dass sie unübersehbar im Medusenlicht glänzte. Dann tauchte er geschwind seinem Gegner entgegen, und der Kampf begann. Die beiden umkreisten einander geschickt und stachen mit den kurzen Lanzen, die eher Harpunenspeeren glichen. Die Seelöwen waren wendige Reittiere, und der Prinz führte so manchen Angriff, indem er überraschend von oben oder unten attackierte. Tatsächlich dauerte es nicht lange, bis er den Höfling aus dem Sattel geworfen hatte.

Bei der anschließenden Siegesfeier tanzte das Meervolk so unermüdlich und ausgelassen wie in der Nacht zuvor. Doch auch diesmal spürte Ganesh im Morgengrauen, wie die Wirkung des Trankes verflog. Er löste sich hastig aus den Armen des Prinzen und floh in die Einsamkeit. So ging es von nun an jede Nacht, und wenn der Prinz ihn mit Fragen bestürmte, wer er sei, wo er herkomme und weshalb er niemals bis zum Licht des Tages bleibe, schüttelte Ganesh nur stumm den Kopf.

Nun war es Sitte bei den Matsya-kanya, dass ein Königssohn bald nach der Volljährigkeit verheiratet wurde und in die Meduse seiner Braut übersiedelte. Dort würde er bleiben, bis sein Vater starb und er selbst die Herrschaft anzutreten hatte. Eine Baroness aus dem Nordmeer war just mit ihrem Gefolge auf dem Weg, um den Prinzen zu ehelichen, dem sie von Kindheit an versprochen war.

Ganesh wurde das Herz schwer, als er diese Nachricht hörte. Der Prinz versuchte ihn aufzuheitern, aber er wusste nichts von der Liebe, die Ganesh für ihn hegte, und von dem Schicksal, das sie beide verband. So sagte er: »Sei nicht traurig, denn du wirst immer mein engster Gefährte bleiben, und mir steht ein großes Glück bevor. Zwar kenne ich die Baroness nicht und liebe sie noch weniger, aber das wird sich von selbst ändern, wenn wir erst vermählt sind. Mit wem man sich zum ersten Mal paart, den liebt man fürs Leben. So ist das nun einmal bei uns Matsya-kanya.«

Ganesh nickte und fuhr fort, mit bunten Schneckenhäusern Schach zu spielen, wie der Prinz es ihm beigebracht hatte. Schon bald brach der Tag der Hochzeit an, und in seinem Fläschchen befand sich kein einziger Tropfen mehr. Ganesh wusste, welches Schicksal ihn erwartete, aber er brachte es nicht über sich, Abschied zu nehmen. Einen letzten großen Schluck hatte er getrunken, der hoffentlich bis zum Ende der Vermählung vorhalten würde. Er half dem Prinzen, sich Muschelschmuck in das lange Haar zu flechten, und der Bräutigam zeigte ihm die beiden geschliffenen Korallenringe, die ihn mit der Baroness in ewiger Treue verbinden würden.

»Willst du sie uns anstecken?«, fragte er. »Niemanden würde ich lieber zum Brautzeugen haben als dich.«

Ganesh verneigte sich zum Zeichen, dass er die Ehre annehmen wolle. Stumm beschaute er die Ringe, in die kunstvoll allerlei Seegetier hineingeschnitzt war. Doch just in dem Moment, als der Prinz sie ihm in die Hand legte, fühlte Ganesh die letzte, tödliche Verwandlung über sich kommen. Der Schmerz war unerträglich, als sein Fischschwanz sich in zwei Hälften spaltete und zu Füßen und Beinen formte. Die Perlmutthaut blätterte von seinem Gesicht, und seine Kiemen wuchsen zusammen, so dass er vergeblich nach Atem rang.

Der Prinz schaute voll Schrecken auf die grausame Verwandlung. Nun erst erkannte er den Jüngling, dem er sein Leben verdankte. »Was hast du nur getan?«, flüsterte er, und fing das Landgeschöpf auf, das ihm sterbend in die Arme sank. Dunkle Menschenaugen schauten ihn voll Ergebenheit an, dann senkten sich die Lider.

Der Prinz aber hob die Ringe auf, die Ganesh aus der Hand geglitten waren. Noch konnte er den Freund retten, der ihm seit ihrer ersten Begegnung weit lieber geworden war als alle Baronessen und Adelsfräulein der sieben Weltmeere. Schnell steckte er sich den einen Ring an den Finger und streifte Ganesh den anderen über. »Möge der Gott des Meeres es bezeugen: Ich will dich lieben und dir treu sein, bis dass der Tod uns scheidet«, sagte er.

Da tat der Zauber der Matsya-kanya seine Wirkung, und als Ganesh wieder zur Besinnung kam, war er ganz und gar ein Meermann geworden. Der Prinz küsste ihn wach, wie es sich gehört, und führte ihn in den Festsaal, wo der versammelte Hofstaat auf die Hochzeit wartete. Das gab zuerst eine große Verwirrung, als der Prinz nun statt der Braut einen Bräutigam präsentierte. Nur die Baroness war darüber sehr erleichtert, denn sie selbst hatte zu Hause einen Verehrer, dem sie viel lieber die Hand zur Ehe reichen wollte. Sie gratulierte den beiden recht herzlich, und so wurde die Hochzeit wie geplant mit allem Prunk und Pomp gefeiert. Das Brautpaar lebte viele Jahre glücklich und zufrieden, und wenn sie nicht gestorben sind, dann schwimmen sie noch heute im Medusenpalast durch den Ozean.

Die letzte Liebschaft des Zeus

Einmal in hellenischer Vorzeit schaute der Gott Zeus von seinem Wolkenthron auf die Erde herunter und erblickte ein Mädchen, das ihn bezauberte, (so wie es vorher schon Leda und Europa, Alkmene und Kallisto getan hatten). Ihre Augen waren dunkel wie die Mitternacht, ihre Lippen rot wie Granatäpfel, ihr Körper schlank und geschmeidig wie die goldbekrönte Hindin des Herakles. Im Alter von sechzehn Sonnenläufen war sie zu einer anmutigen Jungfrau gereift und wusste mit der Spindel so gut umzugehen wie mit dem Schwert, denn Kyrene war als Findelkind im Tempel der Göttin Athena aufgezogen worden.

Eines Nachmittags vergnügte sich Kyrene mit einer Schar junger Priesterinnen beim Kampfesspiel draußen am Rande des heiligen Hains. Nackt und mit Ölen gesalbt wie die olympischen Athleten bot sie einen Anblick, dem Zeus kaum widerstehen konnte. Doch der Gott fürchtete den Zorn der Athena, falls er eine ihrer Jungfrauen befleckte. So beschloss er, das Mädchen in seinen Himmelspalast zu entführen und dort heimlich seine Lust an ihm zu stillen.

Kyrene war nach dem fröhlichen Ringen staubbedeckt von den Haarlocken bis zu den Zehen. Am Rande des Hains sprudelte einladend eine Quelle, die ein von Marmorstein umfasstes, stilles Wasserbecken speiste. Glattpolierte Stufen führten in die dämmrige Tiefe. Kyrene schritt in das Becken hinab und seufzte, als ihr das kühle Nass bis zu den Hüften, dann bis zu den Brüsten und schließlich bis zu den Schultern stieg. Doch kaum hatte sie das Ende der Treppe erreicht, da verschwand plötzlich der Boden unter ihren Füßen, und sie wurde von einem Strudel hinab in die Dunkelheit gezogen.

Die Priesterinnen hatten ihren Schreckensschrei gehört und eilten sogleich herbei, doch sie kamen zu spät. Von Kyrene war keine Spur mehr zu sehen. So mussten sie glauben, das Mädchen sei einem Unfall zum Opfer gefallen und ertrunken. Und richtig, als Kyrenes liebste Gefährtin Danae ihr in das Becken nachsprang, zog sie nur einen bleichen Leichnam aus der Tiefe. Danae vergoss bittere Tränen um die Verlorene. Wie konnten sie ahnen, dass der leblose Körper in ihren Armen in Wirklichkeit nichts weiter als ein Schilfrohr war, das Zeus in diese trügerische Gestalt verwandelt hatte?

Kyrene aber fand sich unversehens in einem köstlichen Palast wieder, der ganz und gar aus Wolken geformt war. Alles um sie herum erstrahlte in purstem Weiß, riesige Säulen mit verzierten Kapitellen wuchsen aus dem Boden empor, lebensechte Statuen schmückten die Wandelgänge und nahmen bei jedem Lufthauch neue Formen und

Stellungen ein. Kyrene selbst trug nun ein Gewand aus feinstem Nebelgespinst, das sich schmeichelnd um ihren Körper schmiegte. Als sie staunend durch die Gemächer schritt, federte der Boden unter ihren Schritten und fühlte sich so weich an wie Lämmerwolle.

Schließlich gelangte sie in den größten aller Säle, der dramatisch in Gewitterfarben gehüllt war. Wohl zwanzig Mannslängen über ihr schwebte ein Dach wie ein brodelnder Sturmhimmel, in dem glühende Blitze zuckten. Auf einem Thron, der aus dem goldenen Licht des Sonnenaufgangs geschaffen war, saß strahlend der Wettergott Zeus. Er hielt die Zeichen seiner Macht, den Szepter und den Donnerkeil, in den Fäusten.

Kyrene senkte den Blick, wie es sich gehörte, und sank auf die Knie. Zwar war Zeus nicht ihr Gott, doch selbst eine Dienerin Athenas hatte Respekt vor der Macht des olympischen Herrschers.

»Menschenkind«, sprach Zeus. »Fürchte dich nicht, denn ich will dir eine große Gnade erweisen. Du bist auserwählt unter den Sterblichen, schöne Kyrene. Bald sollst du alle Freuden der Lust mit mir teilen und der Acker für meinen göttlichen Samen sein. Steh auf und komm her zu mir, damit ich den Nektar deiner Lippen trinken kann.« Er erhob sich von seinem Thron, streifte den Glanz des Überirdischen ab und näherte sich ihr in Gestalt eines menschlichen Jünglings.

Kyrene dachte bei sich, dass Danaes Lachen ihr tausend Mal süßer klang als seine leeren Schmeicheleien. »Edler Zeus«, sagte sie, »ich bin nur ein einfaches Mädchen und

Eurer nicht würdig. Auch habe ich mein Leben der Athena geweiht und einen Schwur geleistet, dass ich so unbefleckt bleiben will wie meine Herrin. Verzeiht, dass ich Euer großzügiges Angebot ablehne.«

Und so sehr Zeus das Mädchen auch umwarb und all seine Verführungskünste aufwandte, Kyrene blieb standhaft.

Der Gott war es nicht gewohnt, dass man ihn abwies. Seine Laune verfinsterte sich, und das Himmelsdach über dem Saal begann zu donnern und zu grollen. Schließlich rief er zornig: »Du törichtes Weib! Ich sollte dich für deine Frechheit mit meinem Herrscherblitz erschlagen. Doch lasse ich Gnade walten und gebe dir Zeit, deine Lage zu überdenken.« Ein Wink seiner Hand ließ Kyrene durch den Wolkenpalast wirbeln, bis sie in einer winzigen Kammer zu Boden fiel. Die Türöffnung, durch die sie hineingeflogen war, verschloss sich sogleich mit einer wabernden Nebelwand.

Kyrene presste die Hände gegen die weißen Mauern ihres Gefängnisses, die zwar federnd nachgaben, das Mädchen jedoch nicht hindurch ließen. Seufzend streckte sie sich auf dem Boden aus und dachte darüber nach, wie sie aus dieser misslichen Lage entkommen konnte. So verharrte sie lange Zeit, doch ihr wollte kein Ausweg einfallen.

Als sie die Hoffnung schon ganz aufgegeben hatte, teilte sich die Nebelwand, als würde sich ein Vorhang öffnen, und eine wunderschöne Frau trat herein. Sie trug die Tracht von Kreta, bunte Glockenröcke und ein Mieder, das die Brüste freiließ. Um ihre Arme wanden sich lebende Schlangen. Kyrene erkannte die stolze Gestalt sogleich: Es war die Muttergöttin Hera, die einst von Zeus gezwungen worden war, seine Gemahlin zu werden.

Hera legte den Finger an die Lippen und sprach mit gedämpfter Stimme: »Bleib ganz still, mein Kind, dass mein Gatte uns nicht hört. Ich bin gekommen, dir zu helfen. Zeus denkt, er habe dich vor mir verborgen, doch weiß ich stets, was in seinem Palast vor sich geht. Wahrhaftig, mein Mann ist wie ein verwöhntes Kind und glaubt, er könne sich alles greifen, was er haben will. Diesmal aber soll ihm seine Lüsternheit schlecht bekommen.« Sie nahm ein wenig Wolkenstoff und formte daraus ihr Wappentier, die weiße Taube. Zuerst saß das Geschöpf leblos wie eine Skulptur auf ihren geöffneten Händen, doch die Göttin hauchte ihm Atem ein, und schon flatterte die Taube in die Luft empor und landete gurrend auf Kyrenes Schulter. »Es gibt einen Weg, nur einen einzigen, der aus diesem Wolkenreich heraus führt. Folge dem Vogel, und er wird dich sicher zurück auf die Erde bringen. Schnell, mein Kind, bevor Zeus sich deiner erinnert und deine Flucht bemerkt.«

Die Taube erhob sich und flog durch den geöffneten Nebelvorhang davon. Kyrene besann sich nicht lange, gehorchte der Göttin und lief hinterher, bis sie hinaus durch das Eingangsportal kam. Da erstreckte sich zu ihren Füßen ein Garten bis zum Horizont, doch alles elfenbeinweiß, nur ein Trugbild aus Wolkendunst. Der Vogel hob sich kaum von dieser Umgebung ab, und Kyrene fiel es schwer, ihm mit den Augen zu folgen, als er durch blühende Agaven und Granatapfelbäume davon flog. Doch immer, wenn sie sich schon verloren glaubte, sah sie irgendwo ein Flügelflattern und lief mit frischem Mut in die Richtung, die Heras Taube ihr wies.

Endlich endete der Garten, und vor Kyrene lag der ungeformte Wolkenhimmel. Der Untergrund federte immer stärker, je näher sie dem Rand des Gartens kam, und bald wurde sie mit jedem Schritt ein Stück in die Luft geworfen. Mit einem kühnen Sprung landete sie auf der ersten der frei schwebenden Wolken. Im Flug sah sie weit unter sich den Erdboden, die griechische Bergwelt wie ein zerknittertes Stück gegerbtes Leder umgeben von tiefblauem Meer. Kaum war sie auf der Wolke gelandet, wurde sie auch schon elastisch zurück in die Höhe geworfen, und so schnellte sie in weiten Sätzen von einer schwebenden Insel zur nächsten. Lachend sprang sie mit flatterndem Haar durch den Himmel, dem Vogel hinterher ... bis sie in der Ferne etwas höchst Seltsames auftauchen sah.

Zwei riesige Füße und behaarte Waden ragten durch die Wolken.

Die Fußsohlen waren nach oben gekehrt, als hinge der Betreffende kopfüber vom Himmel. Kyrene wurde mulmig bei dem Gedanken, sich einem Riesen zu nähern. Solche Geschöpfe waren unberechenbar und hatten nur allzu oft Appetit auf Menschenfleisch. Doch die Taube flog schnurstracks darauf zu, also folgte Kyrene gehorsam. Als sie nahe genug gekommen war, um den Rest des Körpers unter sich sehen zu können, erkannte sie den Titanen Atlas. Er stemmte sich mit den Füßen gegen das Himmelszelt und trug die Welt auf seinen Schultern. Kyrene starrte auf sein vor Anstrengung verzerrtes Gesicht und die Last auf seinem Rücken. Ihr schwindelte, als sich das Bild in ihrem Geist umkehrte, so dass sie nun an dem Riesen empor blickte, der den Globus auf seinem Körper balancierte wie einen gewaltigen blau-weißen Ball. Atlas war die Verbindung zwischen Himmel und Erde, von der die Göttin gesprochen hatte, der einzige Weg aus den Wolken zurück auf den Boden.

Kyrene verstand, dass sie den Riesenkörper entlang klettern musste, um wieder in die Heimat zu gelangen. Kurz entschlossen holte sie Anlauf und sprang mit einem federnden Satz auf seine Wade. Dort klammerte sie sich fest wie ein kleines Insekt, und der Titan schien sie nicht zu bemerken. Sein Bein glich von Nahem einer Landschaft aus Porenkratern und Stoppelgestrüpp. Kyrene wollte gar nicht darüber nachdenken, wie lange sie brauchen würde, um ganz oben anzukommen. Mühsam begann sie von Haar zu Haar empor zu steigen. Auf dem knubbelig vorstehenden Knie legte sie eine Rast ein und arbeitete sich dann weiter in Richtung der Lenden, wo ihr der Geruch von Schweiß und Moschus fast den Atem raubte. Doch wenigstens standen die Haare hier so dicht, dass ihr der Aufstieg leichter fiel. Als die Nacht hereinbrach, flocht Kyrene sich aus dem verfilzten Männerpelz ein Nest, in das sie sich hineinlegen konnte, und schlief bis zum

Morgengrauen.

Beim Aufwachen nagte der Hunger an ihr, und der Weg bis zur Erde schien immer noch unendlich weit. Es dauerte nicht lange, bis Kyrene beim Aufstieg ihre Kräfte schwinden fühlte. Als sie den Bauchnabel erreicht hatte, wäre sie in dieser weichen, schützenden Höhle am liebsten für immer liegen geblieben. Doch Heras Taube ließ ihr keine Ruhe. Das lästige Tier setzte sich auf Kyrenes Schulter, gurrte und zupfte an ihrem Haar, bis das Mädchen sich erhob und den Weg fortsetzte.

Bald darauf hatte Kyrene, ohne sich dessen bewusst zu sein, den Äquator erreicht, den Mittelpunkt des Riesenkörpers. Ein paar Klimmzüge weiter, und sie wurde von der Anziehungskraft der Erde umfangen. Abermals schien sich schwindelnd alles umzukehren: Der Wolkenhimmel war oben und der Erdboden unten, wie es sich gehörte. Kyrene ließ vor Überraschung das Haar los, an dem sie sich festgehalten hatte, landete auf dem Riesenbauch und begann zu rutschen. Als Kind war sie einmal die winterlichen Hügel auf ihrem Bronzeschild hinabgerodelt und erinnerte sich, wie man steuerte. Bald sauste sie mit halsbrecherischem Schwung über die Bauchmuskeln und die gewölbte Riesenbrust, legte sich auf der Schulter scharf in die Kurve, sah den Erboden immer näher kommen und segelte die letzten Meter durch die Luft, bis sie mit einem gewaltigen Platschen landete. Sie war mitten in dem Quellbecken angekommen, aus dem sie entführt worden war.

Als sie nach Luft schnappend auftauchte und sich umschaute, war von dem Titanen Atlas nichts mehr zu entdecken. Er war ihren menschlichen Augen wieder verborgen. Stattdessen fiel ihr Blick auf Danae, die alle Tage trauernd auf den Marmorstufen gesessen hatte. Gerade wollte sie die geliebte Freundin mit zahllosen Küssen begrüßen, da begann der Himmel über ihr zu grollen. Schwarze Gewitterwolken verfinsterten die Sonne, als würde mitten am Tage die Nacht hereinbrechen. Zeus hatte die Flucht bemerkt, und sein Zorn kannte keine Grenzen. Schon zuckten die ersten Blitze über den Himmel, und es würde nicht lange dauern, bis einer davon sein Ziel fand und Kyrene erschlug. Dann ertönte ein furchtbarer Donnerschlag, und ein gleißender Lichtstrahl fuhr hinab, direkt auf das schutzlose Mädchen zu. Doch er traf sie nicht, sondern wurde von einem silbernen Schild zurückgeschlagen. Die Göttin Athene war erschienen, um ihren Schützling zu verteidigen.

»Wie kannst du es wagen!«, rief sie in die Wolken hinauf. »Gibt es kein Gesetz, das dir selbst heilig ist? Wenn du mich herausfordern willst, dann komm herunter und kämpfe, statt dich wie ein Feigling in deinem Palast zu verkriechen!«

Als Antwort fuhr ein von Blitzen umtoster Wirbelsturm zur Erde nieder, und Zeus erschien in seiner Mitte, den Donnerkeil drohend erhoben. »Ich bin der Herr des Olymp«, dröhnte er, dass es vom Himmel widerhallte. »Meiner Macht kann niemand widerstehen. Auch du nicht, mit deiner weibischen Rüstung und deinem lächerlichen Schild!«

Da erklang plötzlich eine kühle Frauenstimme hinter ihm. »Mächtig magst du sein, aber an Verstand hat es dir schon immer gemangelt, mein lieber Gemahl.« Hera trat vor, und an ihrer Seite standen all jene Götter, denen Zeus während seiner Herrschaft Gewalt angetan hatte: Prometheus und seine Brüder, Poseidon und Hephaistos, Apollon und Asklepios. »Athena kannst du vielleicht besiegen. Zusammen jedoch sind wir dir weit überlegen, großer Zeus«, sagte sie spöttisch. »Während du mit deinen Liebschaften beschäftigt warst, habe ich all jene um mich geschart, die deine Tyrannei leid sind. Gib mir den Donnerkeil zurück, den du mir einst gestohlen hast, oder es wird dir schlecht ergehen.«

Was blieb Zeus anderes übrig, als zu gehorchen? Widerwillig überreichte er Hera das Symbol seiner Macht, und in ihrer Hand wurde daraus wieder die kretische Doppelaxt, aus der die Waffe einst geschmiedet worden war.

So kehrte Frieden in den Olymp ein, Zeus wurde zu einem mustergültigen Gatten, und Hera regierte den Götterhimmel mit Weisheit und Güte. Kyrene aber fiel glücklich ihrer Danae in die Arme ... und wenn sie nicht gestorben sind, dann leben sie noch heute.

Der Bursche und das Biest

Es war einmal ein Prinz, der war über alle Maßen schön, reich und klug, aber diese Gaben hatten ihn verdorben, so dass er sich hoch über allen anderen Menschen wähnte und jedermann mit kalter Grausamkeit begegnete. Als seine Eltern starben – die Königin aus Gram, der König an Gift, wie man sich zuflüsterte – da wurde er zum Herrscher gekrönt und lebte von nun an in Saus und Braus. Niemand hatte einen so prächtigen Hofstaat wie König Radomir, niemand so goldprunkende Säle und so rauschende Hofbälle, bei denen die Vornehmsten des Landes ihn umschmeichelten.

Im Wald nicht weit vom Schloss aber wohnte eine weise Fee. Sie mischte sich selten in die Angelegenheit der Menschen ein. Zuweilen nur brachte jemand den Mut auf, nach der verzauberten Lichtung mit der uralten Eiche zu suchen, auf der sie ihr Baumhaus hatte. Windschief und mit Moos überwachsen war es im Blätterdickicht kaum zu erkennen, obwohl es aus wohl einem Dutzend Zimmern bestand, die auf verschiedenen Ästen verteilt und durch knorrige Leitern miteinander verbunden waren. Nur wer die Hilfe der

Fee wahrhaftig verdient hatte, dem gelang es, den Eichenstamm hinaufzuklettern und sie zu stören. Dann klopfte bei ihr zuweilen ein verzweifeltes Mädchen, das ohne Mann schwanger war, oder ein Bauer, dessen Kinder das Schwarzfieber hatten. Nun aber wurden solche Besuche immer häufiger, und die Geschichten, die man der Fee erzählte, handelten stets von der Grausamkeit des Herrschers. Seine Leibeigenen knechtete er, die Bauerntöchter verführte oder schändete er, und wer ihm Steuern schuldete, wurde ohne Erbarmen von Haus und Hof gejagt.

So entschloss sich die Fee, das Übel bei der Wurzel zu packen und Radomir zur Rechenschaft zu ziehen. Sie hüllte sich in ihren Federmantel und flog mit dem Abendwind zum Schloss. Dort trat sie in den Ballsaal, gerade als die Musiker zum Tanz angehoben hatten. Die Menge teilte sich vor ihr und verstummte, und sie schritt direkt auf den Königsthron zu. »Höre mich, Radomir«, sagte sie. »Du bist über dein eigenes Volk hergefallen wie ein wildes Tier. Kein Mensch hat je dein Herz berühren können, und wer dir Liebe schenkte, dem hast du es böse vergolten. So gebe ich dir die Gestalt, die deine Seele längst hat, und alle sollen in Furcht und Abscheu vor dir fliehen.«

Sie hob ihren Zauberstab, ein Lichtstrahl schoss aus seiner Spitze und traf den König direkt in die Brust, wo sein Herz pochte. Sogleich begann er sich zu verwandeln. Seine Hände wurden zu Klauen, seine Zähne zu spitzen Fängen, und dichtes Fell bedeckte seine monströse Gestalt. Die Adelsgäste aber stürzten schreiend davon und trampelten sich gegenseitig nieder, so eilig hatten sie es, durch die Flügeltüren zu entkommen. Die Musikanten und die Diener folgten, und bald war niemand mehr im Schloss als die Fee und das haarige Biest, das sich voll Entsetzen im venezianischen Glas der Wandspiegel vervielfältigt sah.

»Nur ein Ausweg bleibt dir, um den Zauber zu brechen«, sagte die Fee. »Findest du jemanden, der bereit ist, dein Leben zu teilen und sich im Bund der Liebe mit dir zu vermählen, dann sollst du deine menschliche Gestalt zurückerhalten. Doch deine Zeit ist begrenzt. Schau diese Rosenknospe, die noch nicht voll erblüht ist. Jedes halbe Jahr wird die Blume eines ihrer Blätter abwerfen. Wenn das letzte zu Boden fällt, ist deine Chance vertan, und du wirst für immer ein Ungeheuer bleiben.« Damit legte sie ihm die Rose in die Hände.

Der König hätte die Blume am liebsten in der Faust zermalmt und unter seinen Füßen zertreten, aber seine Furcht war stärker als sein Jähzorn, und so hielt er sie wie die zerbrechlichste aller Kostbarkeiten. Er saß bewegungslos auf seinem Thron und schaute der Fee nach, die sich abwandte und wieder in den Wald verschwand.

Jahre vergingen, und das Biest lebte allein in seinem leeren, dunklen Schloss. Im Ballsaal huschten nun die Ratten umher, und Spinnenweben überzogen die Wände mit gespenstischen Schleiern. Auf den Böden lag der Staub so dick wie Nebelschwaden. Ein ausgetretener Pfad führte hindurch, denn dem Biest war es zur Gewohnheit geworden, dumpf auf und ab zu trotten wie ein gefangener Tiger im Käfig. Am Anfang war es noch rasend vor Zorn durch die Prunksäle getobt, hatte das Spiegelglas zerschlagen, die feinen Kleider in Fetzen gerissen und seine Reitpferde zerfleischt, aber nun bewegte es sich mit schleppenden Schritten oder hockte ganze Tage reglos vor dem Fenster, um hinaus auf die Welt zu starren, die ihm durch seine Schreckensgestalt verschlossen war.

Als erneut ein Frühling voller Sonnenschein und Vogelzwitschern anbrach, kam ein Müllersbursche ins nahe gelegene Dorf gezogen. Mit dem Ränzlein auf dem Rücken und einem fröhlichen Lied auf den Lippen ließ er sich vor der Schenke auf einer der Bänke nieder und rief dem Wirt zu: »Holla, guter Mann! Habt ihr wohl einen kühler Trunk für einen Wandergesellen?«

Der Wirt ließ sich nicht lumpen, denn es kehrten nicht oft Fremde bei ihm ein, die von der weiten Welt erzählen konnten. Bald hatte sich das halbe Dorf versammelt, und der kecke Bursche unterhielt sie alle aufs Beste, ganz besonders die unverheirateten Mädchen, deren Herzen ihm scharenweise zuflogen. Wie man es oft bei derlei fröhlichen Gesellen findet, war er jedoch ein Schelm und Luftikus, der es nirgendwo lange aushielt und besonders um Arbeit einen weiten Bogen machte. Anstatt schwere Mehlsäcke zu schleppen, wie sein Stand es verlangte, übte er sich lieber in der Kunst der Beutelschneiderei oder schwatzte den Leuten das Geld aus der Tasche. Als er nun die Legende vom verzauberten König hörte, dachte er bei sich: »In einem Schloss zu leben sollte mir schon gefallen. Da kann man den ganzen Tag auf der faulen Haut liegen, Wein trinken und Wildbret essen. Wenn ich für ein solches Schlaraffenleben weiter nichts zu tun brauche, als mich mit einem Biest zu vermählen ...«

Als die Dorfbewohner erfuhren, dass er zum Schloss gehen wollte, schlugen sie die Hände zusammen und konnten ihn gar nicht genug warnen. Da hieß es, das Untier würde arglose Wanderer zum Frühstück verspeisen und habe sich einen Thron aus ihren bleichen Knochen gebaut. Der Jüngling aber ließ sich von seinem tollkühnen Vorhaben nicht abbringen. »Törichtes Geschwätz«, sagte er. »Wenn man mich jahrelang allein hinter Mauern sitzen ließe, dann wäre mir jede Gesellschaft willkommen. Besonders wenn vor meiner Tür so ein schmucker, frohsinniger Bursche stände, wie ich einer bin.«

Aber da sollte er sich irren. Denn das Biest war mit den Jahren keineswegs menschenfreundlicher geworden. Die Einsamkeit hatte es zwar manches Mal aus dem Schloss getrieben, doch stets waren ihm überall nur Furcht und Hass entgegengeschlagen. Die Hoffnung, jemand würde sich seiner erbarmen und ihm die Hand zur Ehe reichen, kam Radomir wie reiner Hohn vor, und er hatte beschlossen, das feige Menschengewürm so zu behandeln, wie sie es verdienten. Als daher jemand frech an sein Schlosstor klopfte, riss er es mit einem Brüllen auf, packte den unerwünschten Besucher beim Kragen und fauchte: »Soll ich dir den Hals umdrehen, Lumpenhund?«

Der Müllersbursche war über solche Behandlung recht empört. Zwar pflegten die Dorfbüttel ähnlich mit ihm umzuspringen, wenn man ihn bei einem seiner Gaunerstücke ertappt hatte, aber diesmal war er sich keiner Schuld bewusst. Daher blickte dem Untier trotzig ins Gesicht und sagte: »Immer langsam, Herr König. Und ein bisschen mehr Höflichkeit, wenn ich bitten darf. Immerhin bin ich hier, um Ihnen einen Handel vorzuschlagen, der Sie von dieser potthässlichen Visage erlösen wird. Oder wollen Sie mich lieber auffressen und die Chance vertun?«

Radomir bleckte die Zähne und knurrte wie ein gereizter Bär, aber er setzte den Wandergesellen auf die Füße, öffnete ihm das Tor und führte ihn durch das Schloss ins Jagdzimmer. (Dieses war geschmackvoll mit den Köpfen von Hirschen und wilden Ebern verziert, und Radomir behagte die Vorstellung, den frechen Burschen ausgestopft daneben zu nageln.) Als er zu hören verlangte, was sein Besucher ihm vorzuschlagen hätte, antwortete dieser dreist: »Mit trockener Kehle redet es sich schlecht ... Gewiss haben Sie einen vorzüglichen Wein in Ihrem Keller, Herr König.« Dabei machte er es sich auf einem Lehnstuhl aus Hirschleder bequem, als würde ihm das Schloss ganz allein gehören.

Was blieb dem Biest anderes übrig, als mit knirschenden Zähnen die Treppen hinunter zu stapfen, um seinem Gast den gewünschten Trunk zu holen. Dann forderte er erneut, der Bursche solle ihm Auskunft geben, aber dieser sagte nur: »Mit knurrendem Magen redet es sich schlecht. Gewiss hat das Schloss eine gut gefüllte Speisekammer.«

Also musste das Biest wieder in den Keller gehen, wo die Speisen kühl gelagert waren, und einen geräucherten Schinken und gebeiztes Wildbret bringen. Als der Bursche satt war und als nächstes ein warmes Kräuterbad verlangte, weil es sich mit müden Gliedern schlecht redete, hieb das Biest seine Krallen in den Tisch, so dass das Geschirr klirrend in die Luft flog. Es beugte sich zu dem Jüngling vor und fauchte: »Noch schlechter wirst du reden können, wenn ich dir die Gurgel aus dem Leib gerissen habe.«

Da sah der Schelm ein, dass er das Spiel nicht zu weit treiben sollte, und bot dem Biest ohne weitere Umschweife an, es zu heiraten.

Sie verhandelten die Nacht hindurch und wurden sich nach vielem hitzigen Feilschen über den Lohn für den Müllersburschen einig. Für seine Dienste sollte er einen Flügel des Schlosses samt Dienerschaft erhalten, in dem er sich ein feines Leben machen konnte, ohne seinem Gemahl jemals unter die Augen zu kommen. Damit war der Jüngling sehr zufrieden, denn auch ihm stand der Sinn nicht nach ehelicher Zweisamkeit. Sie besiegelten ihre Abmachung mit einem Vertrag, unter den Radomir seine Unterschrift und der Müllersbursche seinen Daumenabdruck setzte. Danach brach der junge Mann auf, um einen Zauberpriester zu finden, der sie beide trauen würde.

Vermutlich hatte die Fee ihre Hand im Spiel, jedenfalls brauchte er nicht lange durch den zauberischen Wald zu wandern, bis er an eine Lichtung gelangte, auf der sich der

Steinkreis eines Druiden erhob. Der Priester selbst stand im härenen Gewand vor einem mit Frühlingsgrün geschmückten Altar und schien ihn erwartet zu haben. Er war keineswegs erstaunt über das Ansinnen des Jünglings und gerne bereit, ihn in der nächsten Vollmondnacht mit dem Biest zu vermählen.

Die Zeremonie war schlichter, als man es von Zauberpriestern gemeinhin erwartet. Keine nackten Tänze im Sternenschein, keine aufflammenden Runen in der Luft, nicht einmal eine geopferte Ziege, aus deren Eingeweiden sich die Zukunft lesen ließ. Die Brautleute hatten nichts weiter zu tun, als inmitten des Steinkreises zu stehen und sich bei den Händen zu fassen, während der Druide sie mit Räucherwerk umschritt und den Segen der Himmelsmächte für ihre Ehe erbat. Dann hieß er sie vor dem Altar niederknien und verknüpfte ihre Handgelenke mit einem silbernen Band. Als die beiden gelobten, einander in Freude und Leid treu zu sein bis zum Tode, schimmerte das Band auf und wurde zu einem hellen Licht, das in ihre Haut einsank und verschwand.

»Euer Schwur wurde gehört, und die Ehe ist geschlossen«, sprach salbungsvoll der Priester. »Besiegelt nun eure Liebe mit einem Kuss.«

»Liebe?«, murmelte Radomir.

»Ein Kuss?«, erschauerte der Müllersbursche.

Aber da es nun einmal zur Zeremonie gehörte, gaben sich beide einen Ruck und pressten kurz die Lippen aufeinander. Dann warteten sie, dass der Feenfluch seine Macht verlieren und Radomir seine menschliche Gestalt zurückerhalten würde. Nichts dergleichen geschah.

Das Biest richtete seinen wutschnaubenden Blick auf den Druiden. »Du nichtsnutziger Scharlatan!«, brüllte es. »Hast du mich nun mit diesem Galgenvogel verheiratet oder nicht?«

Der Priester seufzte. »Was hast du denn erwartet, Radomir? Zu einer wahren Ehe gehört Liebe. Und daran mangelt es euch beiden, wie mir scheint.« Er breitete die Arme aus, verwandelte sich in einen Blätterwirbel und verschwand.

Die Ehegatten begannen nun, einander aufs Wüsteste zu beschimpfen. Jeder gab dem anderen die Schuld für das Fehlschlagen ihres Plans, und sie standen einander an Temperament nichts nach. Schließlich stampften sie zurück ins Schloss, wo jeder in seine Hälfte verschwand. Das Biest hätte seinem frischgebackenen Gatten am liebsten den Hals umgedreht ... nur wollte es seine einzige Hoffnung auf Erlösung nicht begraben. Der Wandergeselle hätte am liebsten sein Bündel geschnürt und wäre auf und davon gezogen ... nur hatte der Weinkeller es ihm angetan. So hockten sie beide schmollend in ihren Gemächern, verfluchten ihr Missgeschick und bedauerten sich selbst aus ganzem Herzen.

Der Müllersbursche aber war das Alleinsein nicht gewohnt, und es dauerte nicht lange, bis ihm sterbenslangweilig wurde. Da holte er seine Spielkarten aus dem Ränzlein und marschierte quer durch das Schloss zu dem misslaunigen Biest. In seinen Privatgemächern angelangt, frotzelte und piesackte er so lange, bis Radomir nachgab und sich Bauernskat beibringen ließ. Zu beider Überraschung erwies sich dieser Abend als recht kurzweilig, zumal der Wandergeselle das Falschspielen nicht lassen konnte und Radomir das Vergnügen hatte, ihn mit Gebrüll durch die Privatgemächer und den Garten zu jagen.

Bald besuchten sie sich tagtäglich auf dieser oder jener Seite des Schlosses. Der Müllersbursche erzählte abenteuerliche Geschichten am Kaminfeuer, von denen er behauptete, sie seien allesamt die reine Wahrheit. Er überredete das Biest zu regelmäßigen Schaumbädern und kämmte ihm das Zottelfell. Radomir kleidete seinen Gatten neu ein, so dass er nun tatsächlich aussah wie ein leibhaftiger Prinz. Er lehrte ihn das Fechten, das Schreiben und das Lesen und bewies dabei überraschende Geduld. Im Ballsaal übten sie miteinander die höfischen Tänze und den neumodischen Walzer, wobei sich der Jüngling vertrauensvoll an seinen Gemahl schmiegte und ihm Komplimente über seinen weichen Pelz machte. Jede zweite Woche wanderte der Müllersbursche bis zur nächsten Marktstadt, um frische Esswaren zu kaufen, (denn der Vorratskeller des Schlosses gab nur noch Dörrfrüchte, saures Kraut und gepökelten Aal her). Radomir sah ihm durch das Schlossfenster nach und war sicher, diesmal würde der Jüngling draußen in der Welt etwas Besseres finden als ein Gefängnis zur Wohnung und ein Biest als Gemahl. Aber zu seinem Erstaunen blieb der Wandergeselle ihm treu und kehrte stets vor Abenddämmerung zurück.

Der Herbst brach an, der Winter kam und verging, und die Rose der Fee verlor ihr vorletztes Blütenblatt, so dass sie kaum mehr als ein dürrer, toter Stängel war. Zuweilen betrachtete Radomir die verdorrte Blume und fühlte einen Stich im Herzen. Doch war ihm der Gedanke, seine Strafe für immer erdulden zu müssen, nicht mehr so unerträglich. Was kümmerte ihn die Welt dort draußen, wo man ihn fürchtete und hasste? Hier in seinem Schloss hatte er alles, was er braucht, und wollte nie wieder einen Fuß vor die Tür setzen.

Doch als die ersten grünen Triebe sprossen und die Krokusse ihre bunten Köpfchen aus der Erde steckten, zog es den Wandergesellen hinaus in die freie Natur und er sprach: »Lass uns ein wenig durch den Wald wandern. Schau, wie die Sonne am Himmel lacht und die Eichhörnchen sich durch die Zweige jagen! Du kannst dich nicht ewig hinter Mauern verstecken.«

»Das kann ich wohl«, brummte das Biest. Doch wie immer, wenn sein Gemahl sich eine Flause in den Kopf gesetzt hatte, ließ Radomir sich bald erweichen. So wandelten sie durch das junge Grün bis an einen Bach, der lustig durch das Unterholz sprudelte. Dort ließen sie sich nieder und verschmausten ein Picknick aus Pasteten, Wachteleiern und Kapaun. Im Geäst huschten und zwitscherten die Waldvögel, die herbei geflattert waren, um Krümel aufzupicken, und gaben den beiden das schönste Konzert.

Erst als der Abend nahte, brach das Paar auf, um zum Schloss zurückzukehren. Da sahen sie sich plötzlich von zehn groben Kerlen umzingelt, die im Wald ihrem Handwerk nachgegangen waren und Holz geschlagen hatten. Ihre Äxte waren blank geschliffen, und die Klingen leuchteten fahl im Dämmerschein. »Holla, welch einen Fang haben wir da gemacht!«, lachte ihr Anführer und ließ das Beil durch die Luft wirbeln. »Wenn das nicht der verfluchte König ist, der mir Haus und Hof genommen hat!«

Ähnliches riefen auch seine Gefährten, verlangten Rache für ihr geschändetes Weib, für verhungerte Kinder und das niedergebrannte Heimatdorf. Das Biest hörte mit gebleckten Zähnen und entblößten Krallen zu. So fürchterlich war sein Anblick, dass keiner der Männer es anzugreifen wagte. Aber sein Gemahl besaß keinen solchen Schutz und war wehrlos wie ein Fuchs vor der Hundemeute. Deshalb sprach das Biest: »Ich will euch mein Leben als Sühne geben, wenn ihr schwört, meinen Begleiter gehen zu lassen und ihm kein Haar zu krümmen.«

Das gelobten die Holzfäller, und der Müllersbursche war froh, mit dem Leben davonzukommen. Er nahm die Beine in die Hand und lief, so schnell er konnte, in den Wald hinein. Dabei dachte er bei sich: »Habe ich je behauptet, ein Held zu sein? In dieser Welt ist sich jeder selbst der Nächste, und wer es anders hält, den nenne ich einen erbärmlichen Dummkopf!«

Doch seine Füße schienen anderer Meinung zu sein, denn keine fünf Minuten später trugen sie ihn dorthin zurück, wo sein Gemahl in Todesnot schwebte. Unterwegs bewaffnete er sich mit einem knorrigen Knüppel, den er kämpferisch in den Fäusten schwenkte, als könne ihm das gegen zehn baumstarke Kerle nützen.

Seine Treue erwies sich als vergebens, denn als er das Biest erreichte, musste er feststellen, dass er zu spät gekommen war. Sein Gatte lag todwund auf dem Boden, Blut überströmt und von klaffenden Wunden bedeckt. Die Holzfäller waren nach vollbrachter Tat in den Wald verschwunden.

Als der Jüngling das sah, kniete er sich neben seinem sterbenden Gemahl auf den Boden nieder und vergoss bittere Tränen. »Du hast dein Leben für mich gegeben, ich aber war zu feige, nur ein einziges Mal zu sagen, dass dir mein Herz gehört«, klagte er. Dann beugte er sich hinunter und gab dem Ungeheuer einen Kuss auf seinen abstoßend hässlichen Mund. Da strahlte von seinem Handgelenk, wo der Druide das Eheband geknüpft hatte, ein warmes Leuchten auf, das wuchs und wuchst, bis beide von Kopf bis Fuß umhüllt waren. Wie von Zauberhand begannen sich die fürchterlichen Wunden zu schließen, und vor den erstaunten Augen des Jünglings fiel das Zottelfell vom König ab, die Klauen und Reißzähne verschwanden, und auf dem Boden lag ein Mann von fast überirdischer Schönheit. Radomir aber schlug die Augen auf und gab seinem Retter den Kuss mit gleicher Liebe zurück, wie er ihn empfangen hatte.

So war der Fluch gebrochen und der König erlöst. Die beiden kehrten zum Schloss zurück und regierten das Land von da an gemeinsam mit Weisheit und Güte. Zum Baumhaus kam fast niemand mehr, und darüber war die Fee sehr erleichtert, denn nun konnte sie in Ruhe mit den Steinen sprechen, bunte Kröten züchten und die geheimnisvollen Dinge tun, die eine Fee eben in ihrer Freizeit tut. Kurzum, alle waren glücklich und zufrieden, und wenn sie nicht gestorben sind, dann leben sie noch heute.

Lu Ping, der Schrecken der Meere

Fern im südchinesischen Meer auf einer kleinen tropischen Insel wohnte einmal ganz allein ein Mädchen, das hieß Lu Ping. Sie lebte dort in einer Hütte aus Bambus und Palmblättern, die sie sich selbst an den Strand gebaut hatte. Tagsüber vergnügte sie sich damit, im Korallenriff den Fischen nachzutauchen oder die hohen Dschungelbäume zu erklettern, die voller Früchte und Papageien waren. Nachts schlief sie unter den Sternen in einer geflochtenen Hängematte und ließ sich sanft von der Brise wiegen. Sie führte ein Leben wie im Paradies, und dass es keine anderen Menschen auf der Insel gab, war ihr gerade recht. Ganz allein war sie freilich nicht, denn ihr bester Freund und Gefährte war ein Wandeldrache.

Solch ein Wandeldrache ist ein wunderbares Geschöpf, mal groß wie ein Haus, feuerspuckend und wild, mal so klein, dass er auf eine Handfläche passt, verspielt und anschmiegsam. Auch kann er seine Farben nach Belieben ändern und gleicht in dieser Weise einem Chamäleon. Ist er wütend, dann lodert er in Gold und Feuerrot, doch meist tobt er vergnügt am Strand herum und sieht aus, als wäre er in einen Farbtopf gefallen. Er jongliert mit Kokosnüssen, wobei bunte Kringel und Tupfen über seine Schuppenhaut tanzen. Oder er lädt Lu Ping zu einer Runde chinesisches Schach ein, indem er einen Flügel im Sand ausstreckt und das Spielbrett mit 'Nordreich und Südreich' darauf erscheinen lässt.

Oft ließ sich Lu Ping von ihrem Drachen hoch über das Meer tragen und hielt nach Handelsschiffen Ausschau. Wenn sie eine reiche Dschunke erblickte, stürzte sie sich mit wildem Piratenschrei auf ihre Beute, und der Drache hatte seinen Spaß daran, wie ein brüllender Taifun auf das Schiff niederzustoßen und Flammen zu speien, so dass die Seeleute panisch nach allen Seiten über Bord sprangen. Während die Mannschaft dann in den Wellen dümpelte, durchstöberte Lu Ping in aller Ruhe die Decks des Schiffes und nahm, was ihr gefiel. In ihrer Inselhütte hatte sie einen wahren Schatz gehortet, der aus Körben und Kisten voller Seidenkleider, Schmuck und Edelsteinen, Buddhastatuen, Porzellanvasen, Schwertern, Teeschalen, Jadetieren sowie sämtlichen Musikinstrumenten einer Pekingoper bestand, die sie einem Wanderorchester abgenommen hatte.

So kam es, dass die Seefahrer im südchinesischen Meer stets furchtsam den Himmel absuchten, ob sich dort eine geflügelte Silhouette zwischen den Wolken zeigte. In den Hafenschenken erzählte man sich abenteuerliche Geschichten über die Drachenreiterin, und man kannte sie an der ganzen Küste nur unter dem Namen 'Der Schrecken der

Meere'.

Lu Ping gefiel es sehr, so gefürchtet zu sein. Zuweilen, wenn ihr das Paradiesleben auf der Insel zu langweilig wurde, mischte sie sich an Land unter das Volk. Dann putzte sie sich in den schönsten Gewändern heraus, schminkte sich das Gesicht porzellanblass und steckte das Haar mit Jadenadeln auf, so dass sie einer Prinzessin glich. Sie ließ sich von einer Rikscha durch die Straßen dieser oder jener Stadt fahren und gab mit vollen Händen ihre erbeuteten Münzen aus. Besonders hatten es ihr die Märkte mit Naschwerk und exotischen Speisen angetan, denn auf ihrer Insel gab es vor allem Kokosnüsse und Krabbenfleisch. So aß sie auf ihren Ausflügen mit Vergnügen die seltsamsten Spezialitäten wie süßes Lotussamengebäck, gebratene Skorpione, Gojibeerenbrot, Schwalbennestsuppe und in Tee eingelegte Enteneier.

Mit ihrem bemalten Sonnenschirmchen in der Hand lustwandelte sie durch die kunstvoll angelegten Gärten, bis der Mond durch die Bambusblätter schien. Ihr Wandeldrache saß derweilen winzig klein in einem Seidenbeutelchen, das sie am Handgelenk trug. Und wenn in den Gassen der Stadt gierige Spitzbuben lauerten und die Adelsdame zu überfallen wagten, die dort ganz allein und ohne männlichen Schutz einher spazierte, dann brauchte Lu Ping nur ihren Beutel zu öffnen. 'Wuusch!' kam ihr Gefährte herausgeschossen, wuchs blitzschnell zu wahrer Drachengröße heran, und die Halunken liefen um ihr Leben.

Zuweilen kleidete sie sich auch als vornehmer Herr, das Haar zum langen Zopf geflochten, und ging zum Mahjongspiel in eine der Herbergen, wo der Reiswein in Strömen floss und Opiumrauch durch die Räume zog. Dort lauschte sie interessiert dem neuesten Klatsch, erfuhr von der Schande des Fürsten Chao Chao, dessen dritte Nebenfrau mit dem Hofschreiber durchgebrannt war, von Scharmützeln an der burmesischen Grenze und auch vom fürchterlichen 'Schrecken der Meere', wobei sie heimlich in sich hineinlächelte. Sie spielte gern mit hohem Einsatz, und solange sie beim Mahjong gewann, war sie ein fröhlicher Zechgenosse. Doch aufs Verlieren verstand sie sich schlecht, denn sie war es gewohnt, stets alles zu bekommen, was sie begehrte. Dann wurde ihre Miene immer finsterer, bis sie - Wuusch! - den Drachen aus ihrer Manteltasche schlüpfen ließ. Lachend sah sie zu, wie die Gäste und Wirtsleute aus der Tür stürzten, strich die Münzen auf den Spieltischen ein und befahl ihrem Drachen, das Haus niederzubrennen.

Eines Tages, als Lu Ping über das Festland flog und nach Zerstreuung suchte, erblickte sie in den Bergen ein Frauenkloster, das den Lehren des Lao-Tse geweiht war. Die roten Säulen und Spitzdächer mit gelben Schindeln leuchteten weithin und boten einen einladenden Anblick im Schatten der Ginkgobäume. Lu Ping steuerte ihr Reittier darauf zu, um sich die verschachtelten Gebäude im Fels näher anzusehen. Da erblickte sie unten im Klosterhof die Novizenmeisterin, die mit dem Reisigbesen das Laub beiseite fegte.

Ihr Körper war schlank und biegsam wie ein Bambusrohr, ihre Haut weiß wie Muschelperlen, und ihre Bewegungen so elegant wie der Balztanz des Seidenreihers. Lu Ping wusste sogleich, dass sie diese Frau besitzen wollte.

Wie gedacht, so getan. Mit ihrem Drachen stieß sie nach unten, fiel gleich einem bösen Geist in die Mittagsruhe ein, riss die begehrte Frau zu sich auf den Rücken des Tieres und stob davon. Unten im Kloster erhob sich Geschrei und Wehklagen, aber das kümmerte sie wenig. Lu Ping hatte, was sie wollte, und war mit sich zufrieden.

Die Novizenmeisterin ertrug die Entführung mit großer Ruhe, sprach kein Wort und ließ sich ohne Anzeichen von Furcht durch die Lüfte tragen. Aus der Nähe war sie noch schöner, und ihr langes schwarzes Haar flatterte im Wind. Lu Ping konnte sich gar nicht an ihr satt sehen.

So flogen sie über Land und Meer, bis sie zu Lu Pings Inselversteck gelangten, wo sich die Palmen im Winde wiegten und die Papageien durch die Äste kletterten. Dort führte Lu Ping ihre Gefangene in die von Gold und Schätzen überquellende Hütte und sagte: »Wähle dir aus, was immer du willst. Ich werde es dir schenken, und dafür sollst du auf ewig mein eigen sein.«

Die Frau aber lächelte und sprach: »Ich will dir eine Geschichte erzählen, die man bei uns im Kloster lehrt. Leg deine Kostbarkeiten beiseite, vergiss die Goldringe und Jadespangen, und hör mir zu.«

Lu Ping gehorchte neugierig, und die Novizenmeisterin erzählte ihr folgendes Gleichnis aus dem 'Buch vom südlichen Blütenland': »Eines Tages, als der weise Meister Dschuang am Flussufer saß, kamen zu ihm zwei Boten. Ihr Fürst hatte sie ausgesandt, um ihm eine reiche Stellung bei Hofe anzubieten. Der Meister sah die beiden eine Weile schweigend an, dann sagte er: 'Es heißt, der Fürst besitze eine heilige Schildkröte, die zweitausend Jahre alt ist und die er in einem mit Seide und Brokat ausgekleideten Goldschrein verwahrt.' Als die Boten das voller Stolz bejahten, gab der Meister ihnen zur Antwort: 'Wenn die Schildkröte wählen könnte, würde sie wohl lieber in einer Goldkiste sitzen oder draußen im Uferschlamm? Ich jedenfalls wähle den Schlamm!' – So sagte der Meister, und so sage auch ich.«

Da wurde Lu Ping furchtbar zornig und fauchte: »Bei allen Göttern, ich bin sehr großzügig gewesen! Ich wollte dich in Seide und Edelsteine kleiden wie eine Prinzessin. Aber wenn du mein Angebot ablehnst, dann werde ich mir deine Liebe mit Gewalt nehmen.« Sie griff der Frau hart ins Haar, zwang ihr Gesicht nach oben und küsste sie auf die Lippen. Doch der Kuss war kalt und konnte das Verlangen in Lu Pings Brust nicht stillen.

Da schaute die Novizenmeisterin sie mit mitleidigen Augen an und sagte: »Hast du wirklich geglaubt, dass sich Liebe rauben lässt? Ein Herz wird geschenkt oder es wird gewonnen. Mit Gewalt nehmen kann man es nicht.«

Das hatte Lu Ping tatsächlich nicht gewusst, denn ihr einsames Leben auf der Insel hatte sie nichts über die Liebe gelehrt. Also begann sie angestrengt hin und her zu überlegen, wie sie das Herz der Schönen am besten gewinnen könne. Schließlich dachte sie ungeduldig: »Was soll das viele Grübeln, wenn ich doch wahrhaftig weiß, wie man eine Dame erobert! Oft genug habe ich es bei den Helden der Pekingoper gesehen. Ich will ausziehen, um ruhmvolle Taten zu vollbringen, und meine Tapferkeit wird sie so beeindrucken, dass sie mir ihre Liebe schenkt.« Stolz, die Lösung gefunden zu haben, verschwendete Lu Ping keine weitere Zeit. Mit ihrer Gefangenen zu reden, kam ihr nicht in den Sinn, sie holte nur eilig eine Lanze und ein Schwert aus ihrem Vorrat, rief ihren Drachen herbei und schwang sich in die Lüfte.

Die Novizenmeisterin sah ihr kopfschüttelnd nach, setzte sich in den Schatten eines Palmenbaumes und wartete gelassen, was weiter passieren würde. Sie vergeudete ihre Zeit nicht mit unnützen Sorgen, denn wie jede Schülerin des Lao-Tse weiß, gleicht das Leben einem schnell strömenden Fluss, gegen den man nicht ankämpfen kann. Statt störrisch gegen den Strom zu rudern, lernte man als Taoistin, sich vom Wasser tragen zu lassen und die Reise ins Unbekannte zu genießen. Man umsteuerte auftauchende Klippen und ließ sich überraschen, wo man ankam.

»Welch ein Abenteuer ist doch das Leben«, dachte die Novizenmeisterin bei sich. »Ich frage mich, warum es mich auf diese Insel verschlagen hat? Nun, es wird schon einen Sinn haben. Und ich muss zugeben, meine Entführerin ist ein faszinierendes Geschöpf mit betörenden Mandelaugen.«

Lu Ping war währenddessen weit nach Norden geflogen, denn sie hatte gehört, dass die Inseln von Nihon immer wieder durch ein furchtbares Ungeheuer verwüstet wurden, das niemand zu bekämpfen vermochte. Erst kürzlich war es erneut dem Meer entstiegen und trampelte ganze Städte nieder.

Tatsächlich sah Lu Ping das Geschöpf schon aus der Ferne, als sie den Inseln nahe kam, denn es war groß wie ein Berg. Von Gestalt glich es einer aufrecht gehenden Echse mit schwarzer Schuppenhaut und gewaltigen Klauenhänden. Sein Brüllen klang wie grollender Donner, und aus dem Maul spuckte es einen feurigen Lichtstrahl, der alles zu seinen Füßen in Brand setzte. Lu Ping, die Drachenreiterin, war im Vergleich zu diesem Untier nicht größer als eine lästige Mücke. So bemerkte das Monstrum sie nicht einmal, als sie zielbewusst näher kam. Pfeilschnell stieß Lu Ping auf die einzige verwundbare Stelle zu: das Auge.

Der kluge Wandeldrache nahm im Flug eine Gestalt an, die einem solchen Angriff dienlich war. Sein Kopf glich nun der spitzen Ramme am Bug eines Kriegsschiffes. Er schoss geradewegs in die Pupille des Ungeheuers hinein, durchschlug die Linse und den gallertartigen Augapfel, wurde von der Netzhaut nur wenig abgebremst und prallte schließlich gegen die Knochenwand der Augenhöhle.

Lu Ping hatte sich während des halsbrecherischen Fluges eng an seinen Rücken geduckt, um nicht den Halt zu verlieren. Nun sprang sie ab und stocherte mit ihrer Speerspitze nach der Öffnung, wo der Sehnerv ins Schädelinnere führte. Keine leichte Aufgabe, denn in den glibberigen, zerstörten Augapfel drang nur wenig Atemluft, so dass Lu Ping fast in durchsichtigem Gelee ertrank. Noch dazu hatte die Riesenechse begonnen, vor Schmerz brüllend den Kopf hin und her zu schütteln. Mehr als einmal wurde Lu Ping von den Füßen geworfen und handelte sich zahlreiche blaue Flecken ein.

Doch endlich hatte sie das Loch in der Knochenwand gefunden und wies ihrem Drachen den Weg. Er verschwand mit einem freudigen Schnauben in der Öffnung und grub sich voran, bis er auf der anderen Seite mitten im Gehirn steckte. Dort nutzte er seine Verwandlungskraft, um rapide größer und größer zu wachsen. Dieser Attacke von Innen konnte nicht einmal der Dickschädel des Monstrums standhalten.

Das Geschöpf begann zu schwanken, als sein Echsenhirn zerstört wurde, und sein Leib zuckte in Todeskrämpfen. Es stieß einen letzten klagenden Schrei aus und stürzte dann langsam wie ein gefällter Baum zu Boden. Dabei begrub es den Hauptteil der Stadt Osaka unter sich, und eine gewaltige Staubwolke erhob sich in den Himmel. – Der schreckliche Godzilla von Nihon war tot.

Eilig kroch der Wandeldrache zu seiner Reiterin zurück, die aus der Augenhöhle des fallenden Riesen zu stürzen drohte. Sie baumelte mit den Füßen in der Luft und klammerte sich krampfhaft an einer Ader fest, die wie eine rote Baumwurzel aus der Netzhaut ragte. Ihr Drache schnappte sie beim Kragen, und gemeinsam schossen sie aus der Pupille heraus, bevor sie unter dem Körper der gefällten Monsterechse begraben werden konnten.

Lu Ping hätte ihrer Angebeteten gerne den abgetrennten Kopf des Ungeheuers mitgebracht, wie es sich für einen siegreichen Helden gehörte, aber dafür war Godzilla gar zu groß und sein Schuppenpanzer gar zu hart. Also musste sie sich damit begnügen, dem Geschöpf die Zunge abzusäbeln. Mit dieser Trophäe flog sie sodann zurück zu ihrer Insel und legte sie der Schönen zu Füßen.

Die Novizenmeisterin staunte nicht schlecht, als Lu Ping ihr als Liebesgabe eine blutige Zunge auf den Strandsand warf. Wie man sich denken kann, war auch dieses Mittel nicht geeignet, das Herz einer Taoistin zu gewinnen.

Da wurde Lu Ping sehr traurig, weil sie zum ersten Mal nicht haben konnte, was sie wollte. Sie setzte sich auf einen Felsen und weinte wie ein enttäuschtes Kind. »Ich habe dir Reichtümer angeboten. Ich habe Heldentaten für dich vollbracht. Was soll ich denn noch tun?«, fragte sie jammervoll.

Die Novizenmeisterin aber lächelte. »Kind«, sagte sie, »du kannst mir deine Liebe beweisen, indem du mich frei gibst.«

Das versprach Lu Ping, auch wenn es ihr sehr schwer fiel. Sie rief ihren Drachen herbei, damit er die schöne Gefangene zurück zu ihrem Kloster trug, wo sie vermisst und gebraucht wurde. Mit gesenktem Kopf sagte sie zum Abschied: »Ich liebe dich mehr als der Falke den Sommerwind. Kann ich denn wirklich nichts weiter tun, um dein Herz zu berühren?«

Die Novizenmeisterin wiegte den Kopf. »Du könntest meine Schülerin werden und Geduld lernen.«

Und so geschah es. Im südchinesischen Meer kehrte Ruhe ein, und die Seeleute hörten auf, ängstlich den Horizont nach Drachenschwingen abzusuchen. Aus Osaka verbreitete sich die Kunde, der 'Schrecken der Meere' und das Ungeheuer von Nihon hätten sich gegenseitig vernichtet.

In Wahrheit aber saß Lu Ping zufrieden unter einem Pfirsichbaum im Klosterhof, streichelte ihrem Wandeldrachen das Köpfchen und lauschte den Geschichten und Gleichnissen ihrer schönen Lehrerin. Und wenn sie auch eine recht eigenwillige Novizin war, die wenig davon hielt, innere Ruhe zu üben und nach Harmonie zu streben, hatten die beiden Frauen doch viel Freude aneinander. Nicht zuletzt deshalb, weil in den Lehren des Lao-Tse nicht das Geringste über Keuschheit steht.

Des Grafen neue Kleider

Es war einmal ein König, der war in Liebe für einen Adeligen seines Hofstaats entflammt: Graf Serakov war ein stolzer Mann, der es verschmähte, wie die anderen Höflinge zu buckeln und zu schmeicheln. Seine Falkenaugen blickten kühn, sein schwarzes Haar fiel in ungebändigten Locken auf die Schultern herab, seine vollen Lippen hatten nur ein herablassendes Lächeln für den Rest der Menschheit übrig. Er war von herrischem Wesen und niemandes Freund, denn alle scheuten seine kühle Ironie und eine Überlegenheit, die an Hochmut grenzte. Beim Turnier hatte er seinen eigenen Herrscher in den Staub geworfen, und diese Kühnheit erweckte in dem König das Verlangen, das stolze Herz des Grafen zu beugen und ihn zu erobern.

Eines Tages kam ein Minnesänger an den Hof, der wunderliche Nachrichten aus fernen Ländern brachte. Seine Geschicklichkeit auf der Laute gefiel dem König so gut, dass er ihn zu einer privaten Audienz in seine Gemächer lud. So hörte nur er allein eine Geschichte, die aus dem chinesischen Reich stammte und die Seidenstraße entlang von

Mund zu Mund weitergetragen worden war. Der Minnesänger nannte sie *Des Kaisers neue Kleider* und versicherte, sie sei wahr und in der Tat so geschehen. Der König verbot ihm, mit sonst einem Menschen darüber zu sprechen, dann ging er zu seinem Hofschneider und gab ihm einen ganz besonderen Auftrag ...

In den nächsten Wochen verbreitete sich im Palast das Gerücht, der Schneider seiner Majestät habe für tausend Goldstücke von einem weisen Muselmanen das Geheimnis eines zauberischen Kleiderstoffes erkauft. Dieses Gewebe sei schöner als die reinste Seide, strahlender als der prächtigste Damast und könne sich zu Mustern von unübertrefflicher Feinheit knüpfen lassen. Gleichzeitig habe der Stoff die Eigenheit, dass er für einen Menschen, der einfältig oder seiner Stellung nicht würdig sei, unsichtbar bleibe. Viele boshafte Sticheleien wurden unter den Höflingen ausgetauscht, die sich gegenseitig bezichtigten, den Stoff ganz gewiss nicht sehen zu können.

Bald ging es in der Schneiderei zu wie in einem Taubenschlag, denn alle wollten das wunderbare Gewebe zu Gesicht bekommen. Der Hofschneider aber ließ sich davon nicht stören, sondern ging in aller Ruhe weiter seinem Handwerk nach. Er maß, schnitt, nähte und umsäumte mit sicheren Handbewegungen. – Nur die Stoffe, mit denen er arbeitete, waren nirgends zu sehen. Ein Höfling nach dem anderen musste zu seinem Entsetzen feststellen, dass er zu den Menschen gehörte, die zu dumm oder zu unwürdig waren, um das Gewebe erblicken zu können. Doch wollte das natürlich keiner zugeben.

Im Gegenteil lobten alle die Arbeit des Schneidermeisters in höchsten Tönen, und die wunderbaren verzauberten Kleider wurden zum beliebtesten Gesprächsthema bei Hofe.

Der einzige, der von diesen Vorgängen kaum mehr als ein vages Gerücht hörte, war Graf Serakov. Er beteiligte sich nie an nutzlosem Geschwätz. Keiner der anderen Adeligen hätte ihn mit dieser Geschichte behelligt, nur um einen verächtlichen Blick aus scharfen Falkenaugen zu ernten.

Der König verfolgte die Eitelkeiten seines Hofstaats mit großem Vergnügen. Dann ließ er seinen Schneidermeister verkünden, er habe die ersten Gewänder fertig gestellt. Das Schönste davon sollte als Preis dem Sieger des baldigen Turniers zustehen.

Bei den Wettkämpfen schienen einige Adelige bemerkenswert unwillig, mit vollem Einsatz zu kämpfen. So schön das Gewand dem Ruf nach auch sein mochte, gefiel doch keinem von ihnen der Gedanke, sich splitterfasernackt zu sehen, während sie bei Hofe ihre Aufwartung machten.

In der letzten Runde des Turniers, als alle anderen Ritter ausgeschieden waren, traten der König und Graf Serakov gegeneinander an. Mit erhobenen Lanzen galoppierten sie aufeinander zu, der König machte eine ungeschickte Bewegung und wurde vom Pferd geschleudert. Er erhob sich lachend und sagte: »Ich hätte wissen müssen, dass ihr mich wieder werfen würdet, Serakov. Wie heißt es doch: Wer auf ein hohes Ross steigt, kommt am tiefsten zu Fall ... Nun, es ist Zeit, dass ihr eure Belohnung erhaltet.«

Er befahl seinem Lehnsmann mit einer Geste, ihm zu folgen. Sie traten in den Spiegelsaal, wo bereits der Hofschneider wartete. Der Mann hielt den Arm angewinkelt, so als würde er darüber das ausgelobte Gewand tragen.

Durch die Türen drängten sich mit lautem Geflüster die anderen Höflinge. »Was ist mit euch, Serakov?«, fragte spöttisch ein Edelmann. »Könnt ihr euer Gewand nicht sehen? Das wäre im höchsten Grade peinlich.«

Erst da fielen dem Grafen die Gerüchte ein, die er gehört hatte, ohne ihnen Beachtung zu schenken. Die Adeligen um ihn herum begannen nun eifrig die Schönheit der Stoffe zu preisen, um zu verbergen, wie töricht sie waren. Nur Serakov zweifelte nicht an seinem eigenen Wert. Er kam zu einem einfachen Schluss: Wenn er keine Kleidung sah, dann war keine vorhanden. Sein Blick fiel auf den König, der sich im Hintergrund hielt und die Szene mit einem verborgenen Lachen auf den Lippen musterte. Der Herrscher ließ den Blick am Körper des Grafen herunterwandern, und Serakov errötete (wohl zum ersten Mal in seinem Leben). Er verbeugte sich schroff und wandte sich dem Hofschneider zu. »Nun denn, gehorchen wir der Laune unseres Herrn.«

Sie traten hinter einen Paravent, und der Schneider gab vor, dem Grafen ein neues Gewand über den Leib zu streifen. Als Serakov nach einigen Minuten wieder hervorkam, trug er nichts außer einem Paar gespornter Stiefel, seinem Schwertgurt und einer schweren Silberkette, die mit funkelnden Steinen besetzt war. »Makellos«, kommentierte der

König und befahl ihm mit einer Fingerbewegung, sich im Kreis zu drehen. Der Graf gehorchte ohne äußeren Anschein von Verlegenheit. In den Spiegeln vervielfältigte sich seine nackte Gestalt, und der König sagte mit ernster Überzeugung: »Ich habe tatsächlich nie etwas Schöneres gesehen.«

Da erkannte Serakov, wie sehr der Herrscher ihn begehrte, und ein seltenes Lächeln trat auf sein Gesicht. Er verneigte sich abermals und sagte: »Sire, es gebührt sich nicht, besser gekleidet zu sein als mein Lehnsherr. Sicher habt ihr euch ebenfalls ein magisches Gewand schneidern lassen? Es wäre mir eine Ehre, euch beim Umkleiden zu helfen.«

Der König lachte. »Wohl gesprochen, Graf. Kommt mit mir in meine Privatgemächer, wo die Kleidung bereitliegt.«

»Ich bin Euer ergebener Diener«, entgegnete Serakov.

Die neue Mode konnte sich bei Hofe nie recht durchsetzen. Aber der König und sein Graf trugen die magischen Gewänder noch bei vielen Privataudienzen. Und wenn sie nicht gestorben sind, dann leben sie noch heute.

Die Magd und ihre Fee

Eine schamlose Moritat von Liebeszauber, Galgenstrick und zwei splitternackten Jungfern

Es war einmal eine Magd, die hatte es schwer bei ihrer Herrschaft. Der reiche Bauer, bei dem sie diente, ließ sein Gesinde von früh bis spät schuften, und seine verwöhnte Frau hatte es besonders auf die Magd abgesehen, auf deren jugendliche Schönheit sie eifersüchtig war. Sara aber war ein fröhliches Mädchen, lachte und scherzte noch bei der schwersten Knochenarbeit, und wenn die Leute im Dorf sie beim Viehtreiben oder am Markttag sahen, lächelten sie und sagten zueinander: »Da kommt unser Sonnenschein.«

Sara fand nur dann ein wenig Frieden vor ihrer zänkischen Herrin, wenn sie die Kühe zur Tränke an den Weiher brachte, der am Rande des Dorfes in einem Birkenwald lag. Während die Tiere sich dort in aller Ruhe satt tranken, konnte sie im Gras sitzen und den Libellen zuschauen, die durch das Schilf und über die Seerosen schwirrten. Im raschelnden Zickzackflug jagten sie vorbei, und ihre Panzer leuchteten wie Juwelen in

Blau, Grün und Rot.

Auch am Johannistag, der im Jahresreigen der längste ist und daher eine besondere Magie besitzt, saß Sara beim Weiher und betrachtete das Spiel der Wasserjungfern. Da kam eine durch das Schilfgras geflogen, die wie in Goldstaub gehüllt schien. Schillernd und schimmernd tanzte sie näher, und als das kleine Geschöpf direkt vor Saras Augen schwebte, erkannte sie, dass es keine Libelle sondern eine Fee war. Das winzige Gesicht war fein wie aus Elfenbein geschnitzt und die Flügel so zart, das Sara fürchtete, schon ihr Atem könne sie zerbrechen. Ganz verzaubert hob sie eine Hand, und die Elfe ließ sich ohne Scheu darauf nieder.

(Aber wo bleibt nun der schamlose Teil, fragen sich meine werten Leserinnen und Leser. Keine Sorge, der folgt sogleich.)

Sara fühlte den kleinen nackten Leib, der sich an ihre Finger schmiegte. Er war mit goldenen Mustern überzogen. Rankenlinien umwanden die Beine und Arme, Spiralen schmückten die Brüste und liefen auf die keck vorstehenden Spitzen zu. Klare Augen blickten zu Sara empor, so verständig wie die eines Menschen, und nun blitzte ein übermütiges Funkeln darin auf. Das Wesen kniete sich neben ihrem Ringfinger nieder, rieb zunächst die Wange daran, so dass Sara das goldene Haar kitzeln spürte, dann folgten seidenweich andere Teile des Feenkörpers: die Arme, die Flanken, der Bauch und die Brüste. Dabei schwangen die zugeklappten Flügel sanft hin und her, als würde eine Sommerbrise sie streicheln. Plötzlich aber öffneten sie sich weit, und das kleine Geschöpf ließ sich auf den Rücken niedersinken. Es räkelte sich auf Saras Handfläche wie eine rollige Katze und schaute dabei ganz beglückt drein. Sein Hinterteil rutschte so fröhlich hin und her, dass Sara (statt schamvoll zu erröten, wie es sich für eine Maid gehört hätte), in entzücktes Lachen ausbrach. Die Elfe blinzelte beifällig zu ihr hoch und sagte etwas mit feinem Stimmchen, das nicht zu verstehen war. Dann streckte sie sich auf dem Bauch aus, wobei sich das kleine Hinterteil vorwitzig empor wölbte, schlenkerte mit den Füßen und ließ die Flügel gegen Saras Fingerkuppen schwirren. Das Gefühl war, als hielte sie einen Schwarm Schmetterlinge in der hohlen Hand oder habe ein Zaunkönigküken gefunden, das sich mit pochendem Herzen und daunigem Federkleid an sie schmiegte.

Sara konnte nicht widerstehen und begann behutsam mit dem rechten Zeigefinger über den kleinen Körper zu streicheln. Sie begann unten bei den Zehen und endete beim Köpfchen mit dem kurzen Goldhaar. Die Elfe stieß ein wohliges Schnurren aus, als der Finger zart auf und ab fuhr. Sie regte sich nicht, bis ihre Alabasterhaut überall einen rosigen Schimmer bekommen hatte, dann rollte sich auf den Rücken, damit ihrer Vorderseite die gleiche Behandlung zuteil wurde. Sara vergaß die Zeit und war ganz versunken in den Anblick ihrer kleinen Fee. Als sie wieder einmal bei dem seidigen Haarbüschel in der Körpermitte angelangt war und dort ein wenig verharrte, schlang die Elfe ihre goldbemalten Schenkel um Saras Zeigefinger und begann auf und ab zu rutschen. Sara ließ sie eine Weile mit amüsiertem Blick gewähren, dann wollte sie ihren Finger fortziehen, um ein neues Spiel zu beginnen. Aber die Elfe dachte nicht daran loszulassen. Als Sara die Hand hob, baumelte das kleine Geschöpf kopfüber daran wie eine Gauklerin aus einem Wanderzirkus. Mit ausgebreiteten Flügeln warf es sich in Pose und grinste wie ein Honigkuchenpferd. Verblüfft betrachtete Sara das übermütige Wesen, das an ihrem Finger schaukelte, allerhand Kunststücke vollführte und sie dabei einladend ansah.

Sara ließ sich nicht lange bitten und setzte mit dem Streicheln fort, während die Elfe kopfüber hing. Vorsichtig fuhr sie mit dem Fingernagel die goldenen Linien entlang, schlängelte sich den Rücken hinauf und hinunter, zeichnete die Flanken nach und umkreiste die Brüste. Da wurde die Elfe bald wieder ganz still, ließ sich seitwärts in den Kniekehlen hängen und schaukelte nur leicht hin und her, wenn Saras Finger sie in Bewegung setzte. Als der Magd wieder einmal das kleine Hinterteil entgegen schwang, gab sie ihm einen Stups, so dass die Fee ein wenig schneller pendelte. Das Flügelgeschöpf stieß ein Fiepen aus, das eher entzückt als erschrocken klang, und so war Sara gerne bereit, auf gleiche Weise fort zu fahren. Jedes Mal, wenn die Pobäckchen nun auf sie zuschaukelten, erhielten sie einen Klaps, der sie wieder empor sausen ließ. Die Elfe quietschte vor Vergnügen, während sie immer höher und höher flog. Schließlich war der Schwung so groß, dass die kleine Gauklerin um den ausgestreckten Finger herumwirbelte und oben auf ihm zu sitzen kam. Doch sogleich fuhr sie wieder empor, flatterte in die Luft und hielt sich ihre Rundungen, die purpurrot wie reife Apfelbäckchen glühten. Die Flügel schwirrten schneller, das Wesen hob in den Himmel ab und sauste wie ein leuchtender Johanniskäfer zwischen die Birken davon.

Sara seufzte und schaute betrübt ihrer kleinen Libelle nach. Doch als sie sich schon damit abfinden wollte, wieder in ihre gewohntes, dumpfes Leben zurückzukehren, zu Kühen, Mistgabeln, Dreschflegel und Spinnrad, hielt die Elfe am Waldesrand inne, stützte die Hände in die Hüften und blickte Sara an, als wolle sie sagen: »Was ist denn nun? Willst du mir nicht nachlaufen?«

Und Sara lief. Ohne Zögern lief sie dem goldenen Schimmer der Magie hinterher, über Stock und Stein, durch Heide und Moor. Schließlich gelangte sie an eine große Wiese, sommergrün und voller Wildblumen, in deren Mitte einsam zwei Birken standen. Die Stämme waren einander zugeneigt und berührten sich, so dass sie einen hohen Torbogen bildeten. Darauf steuerte die Elfe zu, und Sara rannte hinterdrein. Als sie aber durch den Torbogen trat, durchfuhr ein seltsamer Schauer ihren Körper. Und als sie auf der anderen Seite wieder herauskam, war alles verändert.

Sara fand sich inmitten eines wogenden Gebildes wieder, das ihr die Sicht versperrte. Dunkel und bedrohlich türmte es sich zu allen Seiten auf, und sie wollte schon in Angst und Schrecken geraten. Doch da erklang ein fröhliches Lachen in der Luft, und neben ihr landete eine wunderschöne junge Frau, goldstrahlend und mit Flügeln wie bunte Kirchenfenster. »Du wirst dich doch nicht vor deinem eigenen Kleid fürchten!«, neckte die Elfe. Erst da erkannte Sara, was geschehen war: Sie war geschrumpft, war nun selbst nicht größer als eine Libelle, und stand nackt inmitten einer Hügellandschaft aus Wollstoff, die eben noch ihr Kleid gewesen war.

Die Fee ergriff sie bei den Händen, küsste sie auf den Mund und sagte: »So lange habe ich dich schon heimlich beobachtet, wenn du an den Seerosenteich kamst, und du gefielst mir sehr. Jetzt will ich dir zeigen, was für ein Wunder die Welt ist, und mit dir die schönsten Abenteuer erleben.« Sie zog Sara in ein enges, dunkles Tal aus Stoff, dessen Wollwände Saras Haut streiften. Gemeinsam schritten sie hindurch, bis die Talfalte endete und sich vor ihnen eine schwarze Wand erhob. Die Elfe warf sich kurzerhand in den Stoffhügel hinein, bahnte sich einen Durchgang und verschwand. Sara beeilte sich, hinterher zu kommen, und bald jagten die beiden sich krabbelnd durch ein Labyrinth aus Wolle. Sara schlängelte sich durch weiche Höhlengänge, rutschte bäuchlings Hänge hinab und durchquerte ein Tal nach dem anderen ... bis sie ganz plötzlich am Kleidersaum angelangt war und sich der Blick nach draußen öffnete.

Ungläubig betrachtete Sara die seltsame Landschaft, die sich vor ihr ausbreitete. Ein Wald aus baumhohen Grashalmen umgab sie, und sie musste den Kopf in den Nacken legen, um weit oben durch die Blattspitzen den blauen Himmel zu sehen. Eine Sommerbrise wehte über die Wiese, fuhr Sara durchs Haar und brachte alles Grün um sie herum zum Schwanken. Ein wenig Tau schimmerte noch auf den Blättern, und jeder Tropfen brach den Sonnenschein in tausend glitzernden Farben.

Während Sara noch stand und staunte, kletterte die Elfe geschwind den pelzigen Stängel einer Mohnblume empor, tauchte die Hände in eine der Wasserperlen ... und schon hatte Sara den ganzen Schwall über dem Kopf. Pudelnass aufgeschreckt rief sie: »Das sollst du mir büßen!«, schüttelte sich das triefende Haar aus der Stirn und sah sich ebenfalls nach einem Tautropfen um. Bald war die schönste Wasserschlacht in Gange, die umso lebhafter wurde, da die Tropfen bei vorsichtiger Handhabung nicht zerflossen, sondern sich wobbelnd und schillernd herumtragen und wie Schneebälle werfen ließen. Die beiden Mädchen huschten zwischen den Halmen umher, duckten sich hinter Erdkrumen oder bombardierten sich von den Blütenköpfen der Gänseblümchen aus.

Das Wasser lief in Rinnsalen über Saras Körper, die Sommerbrise strich um ihre Haut, und dann sprang die Elfe aus einem Hinterhalt hervor und warf sie in den Schlamm. Die aufgeweichte Erde spritzte, als sie beide darin landeten und wie Aale umher glitschten. Sara hatte auf dem Hof gelernt, kräftig zuzupacken, und das Luftgeschöpf bald niedergerungen. Triumphierend hockte sie auf dem Bauch der Elfe, die sich vergeblich unter ihr wand, mit den Beinen zappelte, mit den Flügeln schlug und sich schließlich lachend ergab. Da ließ Sara sich in ihre Arme sinken, und ihre Feengeliebte streichelte ihr zärtlich den Rücken.

Lange Zeit lagen sie so beisammen, lauschten ihrem gemeinsamen Herzschlag und erzählten einander von ihren zwei verschiedenen Leben. Als der Boden zu kalt wurde, trug Sinti – denn so hieß die Elfe – ihre verzauberte Magd in den Sommerhimmel hinauf und legte sie in der Mitte einer Margueritenblüte nieder wie auf einem Eiderdaunenbett. Da konnte Sara von ihrer hohen Warte aus die Wiese überblicken und sah, dass es zwischen dem geschäftigen Treiben der Bienen, Hummeln und Käfer vor lauter geflügelten Elfen schwirrte, die zu Hunderten über das Grasmeer flatterten.

»Ist dies noch meine Welt? Oder lebe ich nun in deiner, weil ich dir durch die Birken gefolgt bin?«, fragte Sara.

Sinti gab ihr zur Antwort: »Wer sich am Johannistag in eine Elfe verliebt, für den öffnet sich das Tor zum Feenreich. Aber niemand mit Menschenblut kann lange hier verweilen, denn sonst würde die Magie dieses Ortes sie verzehren. Nur zehn Tage sind dir und mir vergönnt«, sagte sie und spreizte die zehn Finger wie einen Fächer, »dann musst du zurück, oder du wirst sterben.«

Da wurde die Magd sehr traurig. Aber weil es nun einmal nicht zu ändern war, verschwendete sie keine Zeit mit Selbstmitleid, sondern wollte jeden neuen Tag mit dankbarem Herzen genießen. Als der Mond aufging, krabbelten die beiden in die schützende Blüte eines Fingerhutes, um dort eng umschlungen die Nacht zu verbringen. Und als die Morgensonne herein zu schimmern begann, krochen sie noch weiter in die violette Tiefe und tranken Frühstücksnektar aus dem Kelch.

So flogen die Tage voller Freude und Liebe dahin.

Sara lernte, statt der Kühe auf dem Hof nun Blattläuse zu melken. Mit dem honigsüßen Saft ließen sich Graskörner zu kleinen Kuchen verkleben, die wahrhaft himmlisch schmeckten. Auch war es ein besonderes Vergnügen, der Elfe danach das rote Schleckermaul zu küssen oder ihr den Saft gleich über den Körper zu träufeln und sie wonnevoll abzulecken. Besonders Sintis Nabel eignete sich vorzüglich als Gefäß für Blattlaushonig.

Sara lernte, wie man aus dünnen Gräsern eine Hängematte flocht und sie in luftiger Höhe zwischen Blumenstengeln ausspannte, so dass die beiden dort aneinander geschmiegt den Sternenhimmel betrachten konnten. Das Elfenvolk hatte andere Namen für die Himmelsbilder: die Schalmei und die Zimbel, der Silberregen, das Sechsbein, die Wanderblume. Einmal fiel eine Sternschnuppe durch die schwarze Nacht, und Sara wünschte sich von ganzem Herzen, nie wieder fort zu müssen. Aber ihr Leben hatte sie gelehrt, dass Träume nicht in Erfüllung gingen.

Auch während der Mittagshitze gehörte die Hängematte zu Saras Lieblingsorten, da man sie am Boden im Blätterschatten aufhängen konnte, wo die feuchte Erdkrume von unten kühlte. Sich dort zu lieben, war nicht einfach, denn das Maschennetz schwankte, beulte sich aus und machte jede Bewegung zu einem abenteuerlichen Unterfangen. Als

Sinti zum dritten Mal aus der Hängematte plumpste, blieb sie gleich am Boden liegen und rollte sich unter Sara, um von dort aus Küsse auf alle erreichbaren Stellen zwischen den Maschen zu platzieren. Sara fühlte sich wie ein im Netz gefangener Fisch, als Sinti sie mit beiden Händen in Position brachte, um mit den Lippen ihr Rückgrat entlang zu wandern oder abwechselnd an ihren Pobacken zu knabbern. Sie richtete sich ein wenig auf und ließ die Beine rechts und links über den Rand hängen, so dass ihre empfindlichsten Teile sich einladend direkt über Sintis beweglicher, spitzer Zunge durch die Maschen drückten. Sogleich machte die Elfe lebhaften Gebrauch davon und ließ nicht nach, bis Sara wie ein wildes Pferd bockte und schließlich erschöpft und gesättigt zurück in das Grasgeflecht sank.

Doch war nicht alles im Elfenland nur harmlose Freude. Am sechsten Tag zog ein Gewitter auf, und als der Regen losprasselte, schlug jeder riesenhafte Tropfen wie ein Kanonengeschoss im Boden ein. Über den Köpfen der Liebenden wurden die Blätter und Halme hin und hergepeitscht, Sturzbäche bildeten sich, gruben sich durch die Erdkrume und drohten die beiden zu ertränken. Nur mit Mühe und Not gelang es ihnen, sich auf einen Maulwurfshügel zu retten, wo das Elfenvolk just zu diesem Zweck einen Kreis Fliegenpilze eingepflanzt hatte. Dort saßen sie dann unter einem schützenden, rot getupften Schirmdach zwischen lauter tropfnassen Feen und sahen zu, wie das Wasser den Hügel umspülte.

Ein anderes Mal geriet Sara einer hungrigen Kröte vors Maul. Das monströse Tier hüpfte ihr nach, und bei jedem Auftreffen seiner Patschefüße erbebte die Erde. Schon schnellte die lange Zunge vor, um nach Sara zu schnappen, doch da stürzte sich Sinti aus der Luft auf den Lurch und stach mit einem abgebrochenen Zweig nach seinen Glupschaugen. Eingeschüchtert ließ das Tier von Sara ab, die ihrer Retterin zitternd in die Arme sank.

Doch trotz dieser Gefahren wurde der Magd schwer ums Herz, als der zehnte Tag hereinbrach und ihre Zeit im Elfenreich bei Sonnenuntergang enden würde. Sinti tat ihr bestes, sie von trüben Gedanken abzulenken. Als erstes lehrte Sara sie, auf dem Rücken eines Maikäfers Platz zu nehmen und sauseschnell durch die Luft zu reiten, so dass ihr der Wind um den Körper pfiff und die Graswedel schemenhaft vorbeihuschten. Mit einem Zügelgeschirr aus geflochtenen Halmen steuerte Sara hinter ihrer Elfe her, die sie im Slalom um Spitzwegerich und mitten durch Pusteblumen führte, so dass die wolligen Schirmchen in alle Richtungen davon stoben. Dabei war das Maikäfergebrumm zwischen ihren Schenkeln ein gehöriger Ansporn, das Wettrennen zu gewinnen, die Elfe zu fangen und ihren goldenen Körper zu vernaschen. Doch Sinti hatte andere Pläne, um ihre Liebste vom Grübeln abzuhalten, und als Sara sie endlich eingeholt hatte, wurde sie stattdessen kurzerhand an ein unbewohntes Spinnennetz geklebt. Da hing sie nun mit ausgestreckten Gliedern und musste erdulden, was immer Sinti mit ihr anzustellen wünschte. Wie sich herausstellte, gehörten dazu das Streicheln mit flaumigen Grasähren und stacheligen Distelköpfchen und das Berieseln mit Blütenstaub, der anschließend hingebungsvoll abgeleckt wurde. Auch verschwand zuweilen eine Samenschote des Schaumkrauts in der einen oder anderen Körperöffnung und wurde liebevoll hin und herbewegt, so dass Sara jede einzelne Erbsenkorn darin spüren konnte. Nicht zuletzt revanchierte sich Sinti für die erste Begegnung am Teich, indem sie mit der Spitze eines Brennnesselblatts verschlungene Kreise und Linien auf Saras Hinterbacken malte, bis sichtbar kein Hautfleck unberührt geblieben war. Wie sehr Sara auch zappeln und sich winden mochte, das Spinnennetz gab zwar elastisch nach, aber es hielt. Und so blieb ihr nichts übrig, als sich den Spielen ihrer Geliebten hinzugeben, bis die Sonne sich dem Horizont zuneigte.

Da befreite Sinti sie aus ihren Fesseln, nahm sie in die Arme und flog sie zurück an die Stelle, wo ihr abgelegtes Kleid lag. Die Elfe küsste sie zum Abschied, während die Sonnenkugel immer tiefer sank, und als das letzte bisschen Rot verschwand, stand Sara allein auf der anderen Seite der Birken, wieder in menschlicher Größe, und hatte das Kleid neben sich liegen.

Sie vergoss viele Tränen, während sie den groben Wollstoff überstreifte und sich auf den Weg zurück in ihr Dorf machte. Sicher würde der Bauer sie schelten und die Bauersfrau sie schinden, weil sie ganze zehn Tage ihrer Arbeit fern geblieben war. Gut möglich, dass man sie mit Schimpf und Schande vom Hof jagte.

Doch als sie das Gehöft erreichte, fand sie alles seltsam verändert vor. Kein fröhliches Hundegebell begrüßte sie, keine Hühner scharrten im Staub, und kein Mensch war weit und breit zu sehen. Beim Näherkommen sah sie, dass die Schindeln vom Dach gefegt waren, und statt der schmucken Scheune fand sie nur verkohlte Überreste vor. Als sie ratlos auf dem leeren Hof stand, kam eine Bäuerin des Wegs und sprach sie freundlich an.

»Was ist hier geschehen?«, fragte Sara die Frau. »Wo sind alle hin?«

»Hast du die Geschichte nicht gehört?«, entgegnete die Bäuerin erstaunt. »Ich dachte, das hätte sich weit und breit herumgesprochen. Genau zehn Jahre ist es her, da ist das Unglück über diesen Hof hereingebrochen. Und Recht geschah den Herrschaften, denn sie waren böse Leute. Erst ist ihnen die fleißigste Magd am Johannistag verschwunden, als habe der Erdboden sie verschluckt, und mit ihr der beste Teil des Milchviehs. Dann hat der Blitz eingeschlagen und die Scheune niedergebrannt. Das ganze Heu und Korn hat das Feuer mitgenommen. Der Gutsherr musste teuer nachkaufen, denn niemand war ihm Freund genug, um in der Not zu helfen. Und als er seine Frau nicht mehr wie eine Fürstin ausstaffieren konnte, da ist sie mit einem Händler auf und davon, dem das Geld lockerer saß. Ihr Mann aber hat die Schande nicht ertragen und sich mit einem Strick in der Stube erhängt.«

Als Sara das hörte, wurde ihr klar, dass ihre zehn Tage jenseits des Birkentores hier in der Menschenwelt ganze zehn Jahre gewährt hatten. Und als sie in das Dorf kam, waren dort alle gealtert, nur sie selbst war noch so jung und schön wie an jenem Johannistag. Der Hufschmied, an dessen Feuer sie sich so manchen Winter hatte wärmen dürfen, die Bäckersfrau, die ihr immer heimlich Kuchen zugesteckt hatte, und selbst die Mägde vom Hof, die ihr wie Schwestern gewesen waren, alle betrachteten sie nun mit abergläubischer Scheu. Man bekreuzigte sich bei ihrem Anblick und wandte sich ab.

Da kehrte Sara zurück in den Wald, eine Ausgestoßene unter den Menschen. Sie lebte dürftig von Nüssen und Beeren, von Wurzeln, Pilzen und Vogeleiern. Oft ging Sara zu den zwei Birken, aber die Magie war fort und der Weg war verschlossen. Der Winter brach herein, und sie wäre gewiss erfroren, hätte nicht eine der Hofkühe, die nun herrenlos im Wald umher streiften, sich zu ihr gesellt und ihr Wärme gespendet.

So verging ein Jahr. Dann begann erneut das Johanniskraut zu blühen, und Sara erinnerte sich, wie die Mägde sich allerlei Zauberbräuche zugeflüstert hatten, die an diesem besonderen Tag ihre Wirkung zeigen sollten. Besonders für Liebende lag eine starke Magie in der Luft, wenn nachts die Johannisfeuer brannten und die Jungfern ihre Kränze flochten, um sich eine Heirat herbeizuwünschen.

Sorgsam rief sich Sara alle Mittel ins Gedächtnis, mit denen sie die Johannismagie nutzen konnte, um vielleicht das Tor zu öffnen. Zwar hatte Sinti sie gewarnt, kein Mensch könne lange im Feenreich leben, aber Sara wollte es dennoch versuchen. Der Tod war immer noch besser, als hier ein glückloses Dasein ohne die Elfenmaid zu fristen, nach der sich ihr ganzes Herz verzehrte. Also flocht sie einen Kranz aus sieben Sorten Grün, die als besonders wirksam in Liebesdingen galten – Ringelblume, Rosmarin, Jungfernkraut, Dill, Haselzweig, Sonnwendkraut und Salbei. Sie legte ihr Gürteltuch ab und umwand den Kranz damit. Dann ging sie an den Rand des Waldes und wartete, bis die Feuer entzündet wurden.

Im nächtlichen Dunkel, im flackernden Schein der Flammen, erkannte niemand Sara, als sie sich unter das tanzende Volk mischte. Sie nahm den Kranz von ihrem Kopf und warf ihn vorne ins Johannisfeuer. Als er verbrannt war, griff sie mit bloßen Händen hinein, um etwas von seiner Asche aufzulesen. Dabei gab sie keinen Laut von sich, sondern ging schweigend durch den Wald, bis sie auf der Wiese angekommen war und vor den Birken stand. Hier streute sie die Asche auf den Boden, kniete sich darin nieder und bat die Mächte, denen dieser Tag heilig war, um ihren Beistand.

Da schimmerte es zwischen den zwei Birken auf wie silberner Mondenglanz auf einem Weiher. Sara erhob sich und schritt mit klopfendem Herzen durch das Tor. Doch als sie auf der anderen Seite ankam, erwartete sie dort keine Wiese. Um sie herum war nur eine erstickende Dunkelheit wie im finstersten Schlund der Hölle. Und gerade, als Sara allen Mut verlieren und sich der ewigen Verdammnis anheim geben wollte, schwebte eine goldene Gestalt auf sie nieder. Feenschimmer erhellte die schwarzen Stoffberge, die sich um Sara türmten, und eine bekannte, lachende Stimme sagte: »Du wirst dich doch nicht vor deinem eigenen Kleid fürchten?«

Adlerzauber

Im fernen Orient ging einmal der Kalif mit seinen engsten Getrauten auf die Jagd. Sie ritten durch die Felsenwüste, die man Bela Rahmah, die Erbarmungslose, nennt. Nur dürres Stachelgesträuch wächst dort, das einem die Kleider zerreißen kann, und die Felsen sind von Wind und Sand zu bizarren Gestalten geformt, die versteinerten Riesen, Zwergen oder Menschen gleichen. Allzu leicht verirrt man sich an diesem unheimlichen Ort, wenn die flimmernde Luft trügerische Spiegelungen wirft und das Auge zwischen Wirklichkeit und Schein nicht länger zu unterscheiden weiß. Und doch gibt es Leben in der Bela Rahmah, so wie selbst an den unwirtlichsten Orten von Allahs Schöpfung. Es gibt den Wüstenfuchs und die Sandkatze, den stolzen Ibexbock und den winzigen Klippschliefer, der einem bescheidenen Kaninchen ähnelt und dennoch der nächste Verwandte des Elefanten ist.

Als die Pferde des Kalifen und seiner Gefährten durch die Einöde trabten, scheuchte ihr Hufgetrappel jedoch nur allerlei wertloses Kleingetier auf. Eine würdige Beute fanden die Männer nicht.

Endlich schüttelte der Kalif sein Haupt und sagte: »Lasst uns umkehren, meine Getreuen. An einem anderen Tag werden wir mehr Jagdglück haben, wenn das Kismet es will.« Kaum hatte er diese Worte gesprochen, als von einem dürren Akazienbaum, der sich hoch oben an einen Felsvorsprung klammerte, ein weißer Adler aufflog.

Freudig blitzten die Augen des Kalifen bei diesem Anblick, denn ein solches Albinogeschöpf war höchst selten und für die Zucht eines Falkners kaum mit Gold aufzuwiegen. Sofort richteten sich fünf Pfeile auf den Vogel, aber der Sultan befahl seinen Begleitern, die Bögen zu senken. Dieses edle Tier wollte er allein besitzen, und niemand sonst sollte ihm eine Feder krümmen. Der Herrscher aller Gläubigen war ein meisterhafter Schütze und überzeugt, er könne den Vogel vom Himmel holen, ohne ihn tödlich zu verwunden.

Mit einem hellen Sirren schoss der Pfeil davon. Sogleich ruckte der Adler zusammen, in der Mitte des Flügels getroffen, und ging zu Boden. Eilig ritt die Jagdgesellschaft zu der Stelle, wo das Tier gelandet sein musste. Die Männer suchten zwischen den Felsen, in jeder Spalte und auf jedem Vorsprung, doch den Adler fanden sie nicht. »Bei Allah, ich weiß, dass ich getroffen habe«, murmelte der Kalif verärgert in seinen Bart.

„Hierher!«, rief schließlich der Großwesir. Als die Männer bei ihm anlangten, hielt er jedoch nur einen blutigen Pfeil in der Hand. Der Adler war und blieb verschwunden.

Das Rätsel wollte dem Kalifen auch am nächsten Tag keine Ruhe lassen. Ihn peinigte der Gedanke, das kostbare Tier könne verblutend in der Wüste liegen, den Skorpionen und Ameisen zum Fraß. So ließ er erneut sein Pferd satteln und ritt ohne Begleitung in das Felslabyrinth hinein, bis zu dem Ort, wo er den Vogel zuerst erspäht hatte. Wie erstaunte er, als er den weißen Adler scheinbar unversehrt am Himmel kreisen sah!

»Haben meine Sinne mich getäuscht, als ich den Vogel traf?«, murmelte er. »Es scheint, ich habe seinen Flügel nur gestreift. Nun, ein zweites Mal soll mir das nicht passieren.« Er hob den Bogen, zielte mit größter Sorgfalt, und der Adler fiel abermals mit einem Klagelaut zu Boden.

Diesmal brauchte der Kalif nicht lange, um seine Beute zu finden. Er sprang vom Pferd und kletterte, einer kaum sichtbaren Spur von Blutstropfen folgend, zwischen die aufgetürmten Felsen hinein. Doch was dort im Staub lag, war kein Adler ... sondern ein schöner, fremdartiger Jüngling. Seine Augen waren so blau wie der Mittagshimmel über der Wüste und sein Haar so hell, dass es fast weiß wirkte. Er hatte sich den Pfeil schon aus der Schulter gezogen.

Der Kalif hielt sich verborgen, denn er hatte nie zuvor einen Menschen mit solchen Augen und solchem Haar gesehen. Er fürchtete, es sei ein Dämon oder Dschinn, der ihn narrte. Und richtig, die Wunde in der Schulter des Jünglings verschloss sich in wenigen Augenblicken. Kaum war der letzte Tropfen Blut zu Boden gefallen, warf der

Fremde seine menschliche Gestalt ab und verwandelte sich erneut in einen Adler. Der Vogel flog auf und strich niedrig zwischen den Felsen davon.

»Welch ein Abenteuer«, dachte der Kalif. »Ich sollte mich von diesem Wesen fernhalten. Wer weiß, welche dunkle Macht in ihm steckt, die mich verderben kann.«

Doch als er die nächsten Tage in seinem Palast weilte, konnte er das Bild des Jünglings nicht aus seinem Geist bannen, und weder die süßen Freuden seines Harems noch der verbotene Rausch des Weins vermochten ihn zu befriedigen. Er sah strahlende Augen vor sich, so blau wie das Wasser des Persischen Meeres, und Haare, die wie Weißgold in der Sonne leuchteten. »Ich will dieses Wesen besitzen«, beschloss der Herrscher. »Koste es, was es wolle.«

So zog er abermals auf die Jagd, suchte den Himmel mit den Augen ab und drang weiter in die Felsenwüste ein, als er je zuvor gekommen war. »Scheu bist du geworden, meine Beute«, dachte der Kalif, denn der Vogel zeigte sich nicht. Schon mehrmals verwundet, war er ins Herz der Einöde geflohen, wohin nie ein Mensch gelangte. Doch der Herrscher wurde von einer Begierde getrieben, die stärker war als die Furcht, in der Wüste verloren zu gehen. Drei Tage und drei Nächte ritt er immer tiefer in das Labyrinth der Felsen hinein, und schließlich wurde seine Beharrlichkeit belohnt. Am Mittag des vierten Tages, als die Sonne hoch und brennend am Himmel stand, sah er den Adler über sich fliegen.

Der Kalif legte den Pfeil auf die Sehne, doch seine Hand zitterte. »Will ich abermals sein Blut vergießen, nur um einer Laune willen? Das Volk kennt mich als strengen Herrscher, aber grausam hat mich nie ein Mensch genannt. Ich könnte den Jüngling töten, wenn mein Pfeil nur eine Handbreit daneben trifft. Von einem Schuss durchs Herz kann er sich gewiss nicht erholen.« So sprach die Stimme seines Gewissens. Gleichzeitig flüsterte die Begierde ihm zu: »Du willst ihn besitzen, also nimm ihn. Was scheust du davor zurück, diesem Wesen Schmerz zuzufügen? Er muss ein Schwarzmagier oder eine Kreatur des Teufels sein und verdient es nicht besser. Du tust ein gutes Werk, wenn du ihn vom Himmel holst und für immer in silberne Fesseln legst.« Da spannte der Kalif seinen Bogen und schoss. Der Adler stieß einen fast menschlichen Schrei aus und stürzte taumelnd in die Tiefe.

Schnell trieb der Herrscher sein Pferd an und fürchtete, er habe den Jüngling zu Tode getroffen. Doch als er ihn zwischen den Felsen liegend fand, da war er nur bewusstlos und atmete noch. Seine Zauberaugen waren geschlossen und sein Gesicht so weiß wie zerbrechliches Porzellan. Der Kalif warf ein Netz über ihn, damit seine Beute nicht wieder davonfliegen konnte. Dann kniete er neben dem Jüngling nieder und wollte ihm den Pfeil aus der Schulter ziehen.

Gerade als er den Schaft umfasste, flogen die Augen des Jünglings auf. »Tut das nicht!«, sagte er und hielt die Hand des Kalifen fest.

Verwundert zögerte der Herrscher und entgegnete: »Warum willst du unnötig leiden, Dschinn?«

»Ich bin kein Dschinn«, beteuerte der Jüngling, »nur ein gewöhnlicher Sterblicher.«

Der Kalif schüttelte den Kopf. »Wie soll das möglich sein? Selbst in Gestalt eines Menschen verraten dich dein Haar und deine Augen.«

»Ich komme aus einem Reich im fernen Norden«, erklärte der Fremde. »Dort brennt die Sonne nicht vom Himmel wie hier, und so hat unser Volk die Farbe von Schnee und Gletschereis. Herr, ein böser Magier hat mein Bild in seiner Kristallkugel gesehen und ist in Lust für mich entbrannt. Er hat mich nach Bagdad gezaubert, wo er mich wie einen Haremssklaven hält.«

Der Kalif zog die Brauen zusammen, denn ihn erzürnte der Gedanke, dass jemand es wagte, solch dunkle Künste in der Hauptstadt zu treiben, fast im Schatten seines Palastes. »Sprich weiter«, forderte er.

»Ich bin ein Krieger von Geburt, Sohn eines normannischen Fürsten, und weiß mit Schwert und Dolch umzugehen. Doch was nützen all meine Kampfkünste gegen Magie? Als ich zu fliehen versuchte, hat er mich zur Strafe bei Tag in einen Adler verwandelt. Und bei Nacht muss ich in seinen Harem zurückkehren und ihm zu Willen sein, sonst werde ich für immer ein Tier bleiben und meine menschliche Herkunft vergessen.« Er wandte das Gesicht ab, um seine Scham zu verbergen.

Der Kalif aber hob sanft das Kinn des Jünglings und sagte: »Wir werden einen Weg finden, dich von diesem Bann zu befreien. Kennst du den Namen des Unwürdigen, der dich gefangen hält? Dann sage ihn mir, und ich werde ihn aufs Schärfste bestrafen.«

»Herr, ich kenne weder seinen Namen noch sein Gesicht, denn er kleidet sich in unterschiedliche Gestalten, um sein Vergnügen mit mir zu treiben. Ich sah ihn schon als hageren Greis, als hübsche Maid und als gehuften Satyr. Ja, sogar mit einem scharfkralligen Löwen und einer glatthäutigen Schlange musste ich das Bett teilen. Doch selbst wenn Ihr meinen Peiniger niemals finden solltet, bin ich euch zu Dank verpflichtet«, sagte der Fürstensohn. »Denn ihr habt mir einen Weg gezeigt, den Zauber wenigstens für kurze Zeit zu brechen: Die Sonne steht hoch am Himmel, und doch bin ich ein Mensch.«

»Der Pfeil ...«, murmelte der Kalif in seinen Bart und schaute auf die Wunde, aus der noch immer frisches Blut quoll. »Er befreit dich. Doch aus welchem Grund?«

»Wie es scheint, ist der Magier nicht mächtig genug, um zwei Sprüche zur selben Zeit wirken zu lassen. Er gab mir Heilungskräfte, weil er meinen Körper stets makellos zu sehen wünscht, und diese kämpfen nun gegen den Pfeil. Der Adlerzauber hat solange keine Macht, bis die Wunde ganz geschlossen ist.«

Der Herrscher nickte und nahm das Fangnetz fort, in das der Jüngling noch immer verstrickt war. »Und soll ich tatenlos zusehen, wie das Leben aus deinen Adern rinnt?«, fragte er. »Du wirst verbluten, wenn ich den Pfeil nicht herausziehe.«

»Vielleicht wäre das eine Gnade, mein Kalif«, sagte der Fürstensohn traurig.

»Nein!«, erwiderte der Herrscher. »Ich werde nicht zulassen, dass du unter meinen Händen stirbst.« Und mit einem Ruck riss er den Pfeil aus der Wunde.

Sogleich begann sich das Fleisch zu schließen, und die Farbe kehrte in die Wangen des jungen Normannen zurück. Er richtete sich auf und schaute den Sultan eindringlich an. »In meiner Adlergestalt werde ich dies alles vergessen, euch davonfliegen und zu meinem Sklavenmeister zurückkehren. Darum müsst ihr mir ein Versprechen geben. – Geht morgen wieder auf die Jagd.«

»Ich soll dich niederschießen wie ein wildes Tier?«

»Es gibt kein anderes Mittel gegen diesen Fluch. Versprecht mir, dass ihr mich jeden Tag verwandelt, damit ich euch als Mensch in die Augen schauen kann.«

Der Herrscher, tief berührt von so viel Mut, gab ihm sein Wort. Und kaum einen Atemzug später erhob sich ein weißer Adler in die Lüfte und flog in den Wüstenhimmel davon.

Doch es schien, dass der Jüngling selbst in Tierform mehr von seiner menschlichen Seele bewahrte, als er geahnt hatte. Denn als der Morgen anbrach und die Sonne strahlend über den Dächern des Palasts aufging, da ertönte Flügelrauschen vor dem Fenster des Kalifen, und der weiße Adler landete auf dem Pfosten des Himmelbetts.

Der Kalif wollte sein Versprechen erfüllen, auch wenn ihm das Herz dabei schwer wurde. Er nahm den Dolch, den er als vorsichtiger Mann stets griffbereit neben seinem Nachtlager liegen hatte. Mit sanfter Hand breitete er eine der Adlerschwingen aus, (der Vogel ließ es willig geschehen), dann hob er die Klinge und stieß sie hinein. Kaum floss das erste Blut über die Federn, war der Zauberbann gelöst, und der Jüngling sank schmerzensbleich zu Boden nieder.

So begann von nun an jeder Tag mit der Ankunft des Adlers und einem Dolchstoß, der ihnen jene kostbare Momente erkaufte, in denen sie einander von Angesicht zu Angesicht begegnen konnten. Der Kalif erlangte Geschick darin, die Klinge zu setzen. Je träger das Blut perlte, desto mehr Zeit blieb ihnen, bis sie einander wieder verloren. Bald verbrachten sie täglich viele Stunden in den Herrschergemächern, wo der Jüngling auf Kissen gelagert seine Kräfte schonte. Sie unterhielten sich über die Sitten ihrer Heimatländer, teilten Mahlzeiten voller süßer Feigen, gebratener Wachteln, Safranreis und Mandelkuchen, und sahen einander mit Wohlgefallen an. Ihre Zuneigung wuchs, bis sich eines Tages der Kalif zu dem Jüngling neigte, ihn auf die roten Lippen küsste, und seinen Kuss erwidert fühlte.

Die Stunden, die ihnen geschenkt waren, wurden danach umso kostbarer. Doch eines Tages kam es, wie es kommen musste: Sie vergaßen über ihre Liebkosungen die Zeit, und als der Fürstensohn aufschaute, lag Dämmerschatten über dem Gemach. Die Sonne begann soeben, unter den Horizont zu sinken. Erschrocken schaute er den Kalifen an, denn er hatte gegen den Befehl seines Herrn verstoßen, am Ende des Tages zurückzukehren. Ehe er ein Wort über die Lippen bringen konnte, packte ihn die Verwandlung mit solcher Gewalt, dass dagegen auch die Dolchwunde nicht half. Sein Körper krümmte sich zusammen, Federkiele sprossen aus seiner Haut, seine Beine formten sich zu Vogelklauen, und gleich darauf war aus dem Jüngling auf ewig ein Adler geworden.

Der Kalif war keineswegs bereit, sich mit diesem Schicksal abzufinden. Er ließ überall die Kunde verbreiten, dass sein Falkner einen gar köstlichen Vogel gefangen habe, einen weißen Adler von höchstem Wert, der zum Prunkstück seiner Zucht werden sollte. Auf diese Weise hoffte er den Schwarzmagier anzulocken, der gewiss nicht ruhen würde, bis er seinen Sklaven zurück gewonnen hatte. Wenn Allah es wollte, würde der Kalif dadurch eine Gelegenheit bekommen, den Zauberer zu enttarnen und zu überwinden.

Er ließ den Adler abends in den Holzpavillon der Falknerei bringen und zu den anderen Beizvögel setzen. Damit das Tier weder fortfliegen noch fortgezaubert werden konnte, wurde es mit einer Fußkette aus purem Silber an der Sitzstange festgebunden. Wie jeder weiß, ist dieses Metall ein Schutz gegen die meisten dunkle Mächte, seien es nun Wolfsmenschen, Dschinn oder teuflische Magie. Dann versteckte sich der Kalif in der kleinen Kammer, wo der Falkner seine Ausrüstung lagerte. Durch ein Astloch spähte er in den Pavillon und wartete, was geschehen würde.

Mehrere Nächte harrte er vergebens, und im fahlen Licht des Mondes regte sich nichts. Aber dann zur mitternächtlichen Stunde öffnete sich die Tür des Pavillons, und der Magier trat herein. Der Kalif strengte seine Augen an, um das Gesicht des Mannes erkennen zu können. Die ganze Gestalt schien jedoch wie von einem dunklen Nebel verhüllt, der den weiten Kaftan und den schwarzen Turban auf geisterhafte Art umwaberte.

Der Mann betrachtete die nebeneinander hockenden Vögel. Dann begann er mit schriller, dünner Greisenstimme zu lachen. »Nun sitzt du da, mein stolzer Fürstensohn, und bist eine gar traurige Gestalt. Hättest du mir gehorcht, wäre dir dieses Schicksal erspart geblieben.« Er trat näher, um den Adler von der Sitzstange zu nehmen. Doch da fuhr ihm das Tier mit einem zornigen Schrei ins Gesicht und stieß ihm die dolchscharfen Krallen in die Wange. Der Magier sprang zurück und presste sich die Hand auf die blutende Wunde. »Das sollst du mir büßen!«, rief er und verwandelte den Vogel mit einem Fingerschnippen wieder in seine menschliche Gestalt, um ihn zu züchtigen. Aus dem Nichts zog er eine Reitpeitsche hervor, die er drohend durch die Luft zischen ließ. Der nackte Jüngling, dessen Hände noch immer an die Stange gekettet waren, zeigte keine Furcht und schaute seinem Meister stolz in die wutverzerrte Miene.

Ehe der erste Schlag niederging, hatte der Kalif seinen Bogen gespannt. Der Magier fuhr bei dem Geräusch herum und hob die Hände zu einem Schutzzauber, doch die Geste kam zu spät. Bevor er die nötigen Worte hervorstoßen konnte, hatte der Pfeil ihn schon durchbohrt und war mitten ins Herz gedrungen.

Als der Mann tot zu Boden stürzte, verlor auch all seine Magie ihre Wirkung. Der verhüllende Schatten um seine Gestalt verschwand, und es blieb nichts weiter übrig als ein dürrer, schwacher Greisenkörper. Der Kalif trat näher und erkannte einen hohen Würdenträger seines Hofes, der eine ganze Provinz verwaltet hatte.

»Nie hätte ich diesen Mann verdächtigt«, sagte er kopfschüttelnd und löste dem Jüngling die Fesseln von den Händen. »Wen soll ich nun an seiner Stelle zum Pascha bestimmen? Sag, weißt du vielleicht einen Mann von adeligem Geblüt, dem es gefallen würde, mir Treue zu schwören?«

Der junge Normanne aber lächelte und antwortete seinem Herrscher mit einem Handkuss, der mehr als nur Treue versprach.

Die goldene Prinzessin

Es war einmal ein König, der hatte eine einzige Tochter. Man nannte sie nur die goldene Prinzessin, denn ihre blonden Locken strahlten und schimmerten wie gesponnenes Metall. Wenn sie nachts auf den Zinnen der Königsburg stand und über die Stadt hinwegschaute, dann erleuchtete der Schein ihres Haares alle Fenster, als wäre die Sonne aufgegangen. Schon viele Freier hatten um ihre Hand angehalten, doch die Prinzessin hatte ihr Herz an keinen verschenkt.

An der Grenze des Landes lag das Gebirge, wo die Riesen wohnten. Sie hausten in Höhlen, die sie tief in den Fels getrieben hatten. Das waren jedoch keine einfachen Erdlöcher, wie bei ihren wilden Vorfahren. Selbst Riesen entwickeln sich weiter, wenn auch etwas langsamer als die Menschen, weil ihre Gehirne so groß sind und die Gedanken länger brauchen, um von einem Ende zum anderen zu gelangen. So besaß die Herrin der Riesen ein ganzes Labyrinth von unterirdischen Sälen, auf deren Pracht sie sehr stolz war. In die Felswände waren grob geschliffene Edelsteine eingelassen, bizarre

Tropfsteinsäulen trugen die Hallendecken, Tierfelle und Pelze bedeckten die Fußböden. Im Thronsaal standen Dutzende von Langtischen, aus ganzen Baumstämmen zusammengefügt, an denen das Gefolge der Riesenherrin seine fröhlichen Gelage feierte. In der Mitte der Halle hing ein Kronleuchter aus gewaltigen Hirschgeweihen. Er war mit Talglichtern besetzt, so dass der Saal in ein dämmriges, flackerndes Licht gehüllt wurde.

Als die Riesenherrin eines Nachts aus ihrer Höhle trat und ins Tal blickte, da sah sie in der Ferne einen goldenen Glanz, der das Land mit einem Schimmer bedeckte, als wäre die Morgensonne über diesem Fleckchen Erde aufgegangen. »Was für ein wundersames Licht ist das?«, fragte sie sich. »Wenn ich ein solches Licht für meinen Thronsaal hätte, dann wäre er gleich doppelt so schön. Wie würden die Edelsteine funkeln!« Sie rief ihre zahme Elster herbei, die meist auf ihrer Schulter saß und an Größe einem Vogel Greif glich. »Du liebst jedes Kleinod, das glitzert und strahlt«, sagte die Riesenherrin zu ihr. »Bring mir dieses Licht, und du sollst eine ganze Schüssel voller schmackhafter Felswürmer bekommen.« Mit eifrigem Krächzen erhob sich die Elster und flog pfeilschnell ins Tal hinab.

Dort stand die Prinzessin auf den Zinnen der Burg, und ihr Haar hüllte die Stadt in ein goldenes Leuchten. Doch plötzlich senkte sich ein gewaltiger Schatten über die Häuser, und Vogelklauen ergriffen die Prinzessin. So überraschend kam der Überfall, dass sie nicht um Hilfe rief, bis sie bereits hoch im nächtlichen Himmel schwebte.

Weit hinein ins Gebirge flogen sie, über dunkle Wälder und schroffe Schluchten hinweg. Dann plötzlich öffnete der Vogel seine Klauen, und die Prinzessin fiel in ein Paar aufgehaltene Hände. »Was für ein hübsches Ding«, dröhnte eine Frauenstimme, und ein Gesicht senkte sich auf sie herab, in dem jede Pore wie ein Krater aussah. Stolz trug die Riesenherrin ihre Gefangene in den Thronsaal und setzte sie auf den Kronleuchter zwischen die Talgkerzen.

Dort hockte sie nun, die arme Prinzessin, und ihr Haar erleuchtete den Raum bis zum letzten Winkel. Der warme Schein ließ die Edelsteine in den Wänden strahlen und das Wasser in den Trinkhörnern wie goldenen Wein funkeln.

Ihr Gefängnis hatte weder Gitterstäbe noch eiserne Ketten, doch wie hätte sie fliehen können? Sie befand sich wohl fünfzehn Meter hoch in der Luft. Das Mädchen kauerte sich in die Geweihschaufel eines Riesenhirsches, verbarg das Gesicht in den Händen und weinte bitterlich.

Als der König entdeckte, dass seine Tochter über Nacht verschwunden war, wurde er ganz krank vor Sorge. Er raufte sich das Haar, weigerte sich zu essen und warf seinem Leibkoch die Suppenschüssel an den Kopf. Seine Soldaten durchkämmten jeden Winkel des Landes, um das Mädchen zu finden. Alle Untertanen suchten nach der Prinzessin, alle Hofhunde schnüffelten nach ihrer Fährte, doch man entdeckte keine Spur von der Entschwundenen. Da ließ der König bis weit in die Nachbarlande verbreiten: »Wer mir meine Tochter wiederbringt, der soll ihre Hand als Belohnung erhalten und das halbe Königreich dazu!« Viele Freier, Ritter und Prinzen versuchten ihr Glück, aber niemand fand die Entführte und gar mancher kehrte von seiner Suche nicht zurück. Es wurde Herbst, es wurde Winter, und die Prinzessin blieb noch immer verschwunden.

An der Grenze des Königreiches lebte ein alter Jäger, der hatte drei Kinder. Seine beiden Söhne führten ein wildes, ungebundenes Leben, streiften tagelang durchs Gebirge und brachten reiche Beute an Fleisch und Pelzen heim. Seine Tochter besorgte das Haus und machte es ihrem Vater so bequem als möglich. Er vergalt ihre Sorgfalt mit harten Worten, denn das Alter verbitterte ihn, und er vertrug es nicht, schwach und untätig im Haus zu sitzen.

Eines Tages trat sein ältester Sohn vor ihn und sagte: »Sechs Monate ist die goldene Prinzessin schon fort, und niemand hat sie finden können. Ich bin der beste Jäger und Spurenleser weit und breit, und ich meine wohl, dass ich ebenso viel wert bin wie all die feinen Herren, die sich um ihre Hand beworben haben. Ich will hinausziehen und nicht wiederkommen, bis die Prinzessin mein ist.« Da wurde dem Vater das Herz schwer, doch er sagte nichts und ließ ihn gehen.

Der junge Mann nahm seine Schneeschuhe und machte sich voll Selbstvertrauen auf ins Gebirge, denn er ahnte wohl, dass die Riesen ihre Hand im Spiel hatten. Nach drei

Tagen traf er auf ein einsames Häuschen, aus dessen Schornstein dicker Rauch quoll. Er war erstaunt, so weit oben in den Bergen noch eine Behausung zu finden. Der Schnee lag hoch und bedeckte die halbe Tür, so dass sie sich von Innen gewiss nicht mehr öffnen ließ. Kaum hatte der Jäger das gedacht, da klappte eine Fensterluke in dem windschiefen Dach auf, und eine uralte Frau schaute heraus. Mit zittriger Stimme sagte sie: »Mein Sohn, willst du mir eine Liebe tun und den Schnee vor meiner Tür wegfegen, dass ich hinaus kann? Es soll nicht ungelohnt bleiben.« Sie warf ihm einen Besen aus Reisig herunter.

Doch der Jäger lachte nur und sagte: »Soll ich Frauenarbeit tun? Ein Besen ist kein Handwerkszeug für einen, der mit der Flinte umzugehen weiß. Deine Belohnung wird was Rechtes sein, wo dir die Armut schon aus den dürren Knochen schaut.« Er wandte sich ab und folgte weiter dem Weg ins Gebirge. Der Pfad war hier deutlich zu erkennen, stieg kurvig in die Höhe, bis er auf dem Grat eines Berges endete.

Doch kaum war der junge Mann dort oben angekommen, als plötzlich ein zauberischer Sturmwind losbrach. Eine Böe packte den Jäger beim Genick und warf ihn von seinem hohen Stand hinab in die Schlucht am Fuße des Berges. Schon fühlte er sein letztes Stündchen gekommen, während er wohl eine halbe Ewigkeit in die grausige Tiefe stürzte. Erst kurz über dem Boden riss der Sturm ihn in einen fröhlichen Wirbel, so dass der Jäger den Aufprall lebend -wenn auch schwindelig und mit schmerzenden Knochen-

überstand.

Er rappelte sich hoch und hielt Ausschau nach einem Weg, der ihn hinaus führen konnte. Doch so weit er auch auf seinen müden Beinen wanderte, die Wände ragten zu allen Seiten schroff und abweisend in die Höhe, so dass nicht einmal eine Bergziege sie hätte erklettern können. Endlich fand der Jäger am Ende der Schlucht ein windschiefes Haus, das der Wohnung der alten Zauberin nicht unähnlich sah. Er klopfte an die Tür, und ein Mann öffnete ihm. Er trug ein zerrissenes Gewand aus purpurfarbenem Samt, auf das goldene Kronen gestickt waren. »Komm nur herein«, sagte er mit einem blassen Lächeln. »Wolltest wohl auch die Prinzessin gewinnen und bist nun hier gelandet. Wir haben Feuerholz und Kost genug für alle, nur an Schlafplätzen mangelt es. Wirst zusehen müssen, dass du noch ein leeres Fleckchen auf dem Fußboden findest.« Erstaunt trat der Jäger durch die Tür. Da sah er, dass das Haus angefüllt war mit glücklosen Freiern, mit Rittern, Prinzen und Abenteurern. Was blieb ihm übrig, als sich in sein Schicksal zu ergeben? Er setzte sich zwischen die anderen auf seinen ausgebreiteten Mantel, legte den Kopf in die Arme und beklagte still sein Missgeschick.

Als der Älteste nach Wochen nicht zurückgekehrt war, da ging der jüngere Sohn zum Vater und sagte: »Mein Bruder hat mit seiner Suche kein Glück gehabt, ich will an seiner Stelle die Hand der Prinzessin erlangen.« Dem Vater wurde das Herz schwer, weil er nun auch seinen zweiten Sohn verlieren sollte, doch er sagte nichts und ließ ihn gehen.

Nach einigen Tagen kam der junge Mann zum Haus der Zauberin. Die alte Frau lehnte sich aus dem Fenster und rief ihm zu: »Willst du mir eine Liebe tun und den Schnee vor meiner Tür wegfegen, dass ich hinaus kann? Es soll nicht ungelohnt bleiben.« Und sie warf ihm den Besen aus Reisig herunter.

Der Jäger aber dachte bei sich: »Ich weiß wohl, wie es bei Abenteuern zugeht, die eine Prinzessin zum Preis haben. Nur wer hilfsbereit und guten Herzens ist, gelangt an das erwünschte Ziel. Es soll mir leicht fallen, diese Prüfung zu bestehen.« So nahm der junge Mann den Besen und begann zu fegen.

Bald schon hatte er die Haustür freigelegt. Die alte Zauberin trat heraus und nickte ihm zu. »Ich danke dir, mein Sohn. Nun sollst du deine Belohnung erhalten. Dreh dich um und fege noch einmal.« Der Jäger tat wie geheißen, da blies jeder Besenstrich den Schnee auf viele Meter fort und öffnete einen Seitenweg ins Gebirge, der vorher ganz verborgen gewesen war. »Was du in der Hand hältst, ist ein verzauberter Schneebesen«, sprach die Alte. »Ich will ihn dir schenken, und er wird dir den Weg zur Prinzessin weisen.«

Der Jäger bedankte sich aufs Höflichste und setzte seine Reise fort. Er fegte fleißig, und der Besen blies ihm eine freie Bahn durch den Schnee, mal geradeaus, mal gewunden, mal die Berge hinauf, mal die Berge hinunter. Endlich stand der junge Mann vor einer

Felswand, die so steil und glatt war, dass er unmöglich hinaufkommen konnte. Der Besenpfad aber führte direkt in die Höhe. Da sagte der Jäger verärgert zu sich: »Was nützt es mir, den richtigen Weg zu kennen, wenn ich ihn nicht gehen kann? Ich glaube fast, die alte Hexe hat mich betrogen.«

In finsteren Gedanken setzt sich der Jäger unter eine Tanne, lehnte sich an den Stamm und grübelte, wie er auf anderem Wege zur Prinzessin gelangen könne. Da sah er plötzlich weit oben ein Tier, das sich so leicht durch die Felswand bewegte, als würde es über eine flache Ebene laufen. Wo selbst die Hufe einer Gämse keinen Tritt gefunden hätten, setzte es die Füße sicher auf, und war im Nu so nah heran gekommen, dass der Jäger voll Staunen ein Bergeinhorn in ihm erkannte. So selten war dieses Tier, dass er es für eine Mär gehalten hatte, von der man sich nur in der Schenke nach fünf Krügen Starkbier erzählte. Begehrlich blickte der Mann auf das prächtige Geschöpf und sagte zu sich: »Wenn ich es einfangen und zureiten kann, wird es mich die Felswand hinauftragen.«

Er wand sein Kletterseil von der Schulter, knüpfte es zu einer Schlinge zusammen und stellte sich bewegungslos hinter den Stamm einer Tanne. Als das Einhorn nah genug herangekommen war, warf er zielgenau die Schlinge aus. Sie legte sich dem Tier um den Hals, und es war gefangen. Zwar bäumte es sich auf und schlug mit den Hufen, doch das nütze ihm wenig. Der Jäger hatte sich schon auf seinen Rücken geschwungen, ihm die Fersen in die Seiten gebohrt und die Schlinge so weit angezogen, dass er dem Einhorn fast die Luft abschnürte. Es wieherte klagend, und ein Klang wie von zerbrochenen Glocken hallte von den Felswänden wider.

Der Jäger lachte: »Bist zwar nur eine Stute, aber doch ein rechter Wildfang! Wirst dich schon ergeben müssen, wenn es dich nicht reuen soll. Ich bin es gewohnt, mir solche zuzureiten, die sich meinem Willen nicht fügen wollen.« Als habe die Einhornstute seine Worte verstanden, blieb sie zitternd und mit hängendem Kopf stehen. Der Jäger trieb sie mit einem leichten Stoß seiner Hacken an, lenkte sie erst zur einen, dann zur anderen Seite, und das Einhorn folgte gehorsam dem Zug des Seils. »Gut, gut«, sagte er und klopfte dem Tier die Flanke. »Ich sehe, du bist klug und hast gelernt, wer dein Herr ist.«

Er sammelte seinen Besen ein, der nun doch von Nutzen schien, und lenkte die Stute direkt auf die senkrechte Wand zu. Sie begann ohne Umstände zu klettern, als sei dieser Weg der Natürlichste der Welt. Der Jäger sah den Erdboden immer weiter unter sich verschwinden, und ihn überkam ein heftiger Schwindel, doch er kämpfte die Furcht nieder und legte seine Schenkel nur fester um den Leib des Tieres. Endlich war das Einhorn oben angekommen, und der Jäger befand sich nun auf einem schmalen Felsgrad, mit einem Abgrund zu jeder Seite. Vor ihm breitete sich die schneebedeckte Bergwelt aus bis an den fernen Horizont.

»Zu gerne würde ich auch den Rest des Weges reiten, statt mir die Füße wund zu laufen«, dachte der Jäger. »Doch ich muss mir den Weg frei fegen, um zu wissen, in welcher

Richtung die Prinzessin zu finden ist. Ob ich mit dem Besen den Erdboden erreichen kann, ohne abzusteigen?« Er lehnte sich hinunter, um es zu versuchen. Kaum hatte er auf diese Weise seinen Sitz gelockert, als das Einhorn einen Sprung zur Seite tat und sich mit einem triumphierenden Wiehern aufbäumte. Der Jäger verlor seinen Halt und glitt vom Rücken des Tieres. Die Schlucht zu seiner Linken tat sich auf wie ein tiefer, schwarzer Schlund. Mit einem Fluch klammerte er sich an dem Seil fest, doch zu seinem staunenden Entsetzen sah er, wie sich der Knoten der Schlinge öffnete, als würden unsichtbare Hände daran arbeiten. Das Seil löste sich, und er stürzte in die grausige Tiefe. Kurz vor dem Aufprall nahm die Todesfurcht ihm das Bewusstsein, und so merkte er nicht, wie ein Sturmwind ihn auffing, durch die Schlucht wirbelte und vor der Tür einer windschiefen Hütte fallen ließ.

Als der Jäger mit schmerzenden Gliedern aufwachte, lag er vor einem Kaminfeuer und sein Bruder war dabei, ihm die schneefeuchte Kleidung auszuziehen. »So hast auch du den Weg hierher gefunden«, sagte der Ältere mit freundlichem Spott. »Bist auf deinem Weg gestürzt wie wir anderen. Mich fürchtet, du wirst viel Zeit haben zu erzählen, wie das zugegangen ist.«

Als der zweite Bruder ebenfalls nicht zurückkehrte, da trat schließlich die Jüngste vor ihren Vater und sagte: »Meinen Brüdern ist ein Unglück widerfahren, ich will aufbrechen und sie suchen. Vielleicht ist mir das Schicksal hold, und ich kann zugleich die Prinzessin finden, wo immer sie sein mag.«

Ihr Vater aber fuhr zornig auf und sagte: »Du hochmütiges Ding, glaubst du erreichen zu können, was deinen Brüdern nicht gelungen ist? Das Gebirge wird dich töten, so wie es mir meine Söhne genommen hat. Soll ich meine alten Tage allein beschließen, ohne Frau, die mir das Haus versorgt? Und was willst du wohl mit einer Prinzessin anfangen, sie heiraten und das halbe Königreich regieren? Schlag dir die Flausen aus dem Kopf, ich werde dich nimmermehr ziehen lassen.«

Das Mädchen gab keine Widerworte, senkte das Haupt und verließ still das Zimmer. Doch als die Nacht gekommen war, schnürte sie sich ein Bündel zusammen, nahm ihre Schneeschuhe und stahl sich aus dem Haus. Sie kannte sich im Gebirge recht wohl aus, denn oft genug hatte sie weite Strecken wandern müssen, um Gewürzkräuter und Heilpflanzen zu suchen. Es dauerte nicht lange, bis die Hütte der Zauberin vor ihr erschien.

Kaum stand sie vor dem windschiefen Haus, da öffnete sich das Fenster, und die alte Frau rief herunter: »Meine Tochter, willst du so gut sein und den Schnee vor meiner Tür fortfegen, damit ich hinaus kann? Es soll nicht ungelohnt bleiben.«

Dem Mädchen war solche Arbeit nicht fremd, und es griff bereitwillig nach dem Besen, der ihm zugeworfen wurde. Bald hatte sie den Schnee zur Seite gekehrt und die Tür freigelegt. Da trat die Zauberin hinaus und sagte: »Ich danke dir. Bist du auf dem

Weg zur goldenen Prinzessin? Ich weiß wohl, sie ist eine schöne Maid, die jedes Herz berühren kann.«

Die Jägerstochter fühlte ihr Wangen brennen, denn in der Tat hatte sie an einem Markttag die leuchtende Gestalt oben auf der Burgzinne gesehen, und ihre ganze Seele war dem Mädchen zugeflogen. Dennoch sagte sie: »Es ist wahr, ich sorge mich um die Prinzessin, aber meine erste Pflicht gilt meinen Brüdern, die auf der Suche nach ihr verschollen sind. Könnt ihr mir helfen, weise Frau?«

Die Alte lächelte und sagte: »Sorge dich nicht. Wenn du die Prinzessin gefunden hast, werden auch deine Brüder die Freiheit wiedererlangen. Sie sind nicht ganz unschuldig an ihrem Schicksal. Hier, nimm den Besen und fege noch einmal. Seine Zauberkraft soll dir den Weg weisen.«

Frohgemut nahm das Mädchen das Geschenk entgegen und folgte dem Pfad, den der Besen ihm durch den Schnee bahnte. Sie wanderte, bis sie zu der senkrechten Felswand gelangte, die sich unüberwindlich vor ihr auftürmte. Der Jägerstochter wollte der Mut sinken, doch dann sagte sie sich: »Es wird schon einen Weg hinauf geben. Ich muss ihn nur finden. Wenn ich beim kleinsten Hindernis aufgebe, bin ich es nicht wert, dieses Abenteuer zu bestehen.« Sie ließ ihren Blick suchend in die Höhe gleiten und sah das Einhorn am Berggrat stehen.

Die Jägerstochter zweifelte nicht, dass dieses Zauberwesen um ihretwillen geschickt worden war. Doch wie konnte sie das Tier dazu bringen, sie den Fels hinaufzutragen? Als sie eine Weile hin und her gegrübelt hatte, schalt sie sich selbst eine Närrin. »So viele Legenden über das Einhorn hast du schon gehört und solltest wohl wissen, wie man es zähmt. Eine Jungfrau musst du sein, dann wird es seinen Kopf ganz von selbst in deinen Schoß legen. Ich bin nie einem Mann zu Willen gewesen, und will auch keinem gehören, solange ich lebe. Wir wollen doch sehen, ob die Legenden wahr sind.«

Sie setzte sich vor der Felswand in den Schnee, breitete ihre Winterröcke aus und wartete. Das Einhorn kam die Wand herab, sein Horn war schmal wie eine Degenklinge und konnte die junge Frau nur zu leicht durchstoßen, wenn sie die Probe nicht bestand. Es setzte ihr die Spitze auf die Brust, dort, wo das Blut pochte. Die Jägerstochter regte sich nicht, sondern sprach: »Mein Herz ist mein eigen, ich habe es keinem Mann geopfert.« Da legte sich das Einhorn auf ihren Röcken nieder und barg den Kopf in ihrem Schoß.

Die Jägerstochter blickte voll staunendem Wunder auf das Zauberwesen. Die Geschichten, die in den Branntweinschenken kreisten, hatten das Tier zu einem wilden Hengst gemacht, der sein Horn in eine Frau stoßen wollte, doch sah die Wirklichkeit wohl anders aus. »Freundin«, sprach die Jägerstochter, »ich weiß, du verschenkst deine Liebe nur an jene, die frei und herrenlos sind wie du selbst. Doch ich will ehrlich sein: Mein Herz ist nicht so ungebunden, wie ich dich glauben ließ. Es gehört der goldenen

Prinzessin, und Sorge wohnt in meiner Brust, seit sie verschwunden ist. Sag, wirst du mir helfen, sie zu finden?«

Das Einhorn erhob sich und bedeutete der Jägerstochter, zum Reiten aufzusitzen. Mit einem Dankeswort schwang sie sich hoch und schmiegte ihre Schenkel an die Flanken der Stute. Sogleich setzte sich das Tier in Bewegung und begann den Berg hinaufzuklettern. Es dauerte nicht lange, da waren sie oben auf dem Felsgrat angekommen. Das Einhorn blieb jedoch nicht stehen, sondern trabte weiter durch den Schnee, über schroffe Klippen, durch einsame Täler und windzerzauste Fichtenwälder, bis es schließlich vor dem Eingang der Riesenhöhle anlangte.

Die Felsöffnung war versperrt durch eine gewaltige hölzerne Tür.

Die Jägerstochter seufzte laut, als sie dieses neue Hindernis sah. Allerdings war das Tor nicht so unüberwindlich, wie es auf den ersten Blick schien. Riesen sind wahrhaftig keine guten Zimmerleute, und so passten die Holzplanken nur notdürftig in das unregelmäßige Höhlenloch. Die Stute zeigte mit ihrem Horn auf eine Stelle am Boden, und wahrhaftig: dort war ein Spalt, der gerade weit genug schien, damit ein schlankes Menschenmädchen sich hindurch schlängeln konnte.

»Wirst du auf mich warten, bis ich die Prinzessin gefunden habe, und uns den Weg zurück tragen?«, fragte die Jägerstochter, als sie abgesessen war. Die Einhornstute schüttelte den Kopf, denn zwei Reiterinnen zugleich waren eine zu große Last für dieses graziöse

Geschöpf. »Dann hab Dank für deine Hilfe«, sagte das Mädchen. Das Einhorn verneigte sich zum Abschied und verschwand zwischen den schneebedeckten Tannen.

Die Jägerstochter nahm nun ihren ganzen Mut zusammen. Sie legte sich auf den Boden und kroch durch den engen Spalt in die Höhle der Riesen. Wie winzig sie sich fühlte, als sie in der Eingangshalle stand, bis zu deren Felsdecke nicht einmal der flackernde Schein der Fackeln drang. Im dämmrigen Licht wanderte sie ziellos durch den unterirdischen Palast, gelangte in Schatzkammern voller klobigem Schmuck, mit Armreifen so groß wie Wagenräder, und schritt durch Säle, in deren Pelzteppichen sie bis zum Kinn verschwand. Ab und zu kamen dröhnende Schritte näher, und sie huschte hinter ein Tischbein oder presste sich in den Schatten eines Wandvorsprungs, um sich zu verbergen. Keiner der Riesen bemerkte das winzige Wesen, das wie ein Mäuslein über den Boden trippelte.

So gelangte die Jägerstochter schließlich in den Thronsaal, und goldenes Licht blendete ihre Augen, kaum dass sie die Höhle betrat. Als sei in diesem unterirdischen Reich die Sonne aufgegangen, so funkelten die Edelsteine in den Wänden und so strahlte der kostbare Thron, auf dem die Riesenherrin saß. Als sich der Blick des Mädchens nach oben wandte, um den Ursprung dieses Lichts zu suchen, sah sie hoch an der Höhlendecke, in einem Kronleuchter aus Hirschgeweihen, die Prinzessin sitzen.

Fast wollte ihr Herz brechen, so schön und traurig erschien die Königstochter in ihrer

Gefangenschaft. Seidenes Haar fiel wie ein Mantel um ihre Gestalt, und ihre Haut war von der langen Zeit in dem unterirdischen Verließ weiß wie Elfenbein. Der Jägerstochter erschien jede Minute wie eine Ewigkeit, während sie in ihrem Versteck kauerte und darauf wartete, dass die Nacht hereinbrach. Endlich erhob sich die Riesenherrin von ihrem Thron, um sich zu ihrer Schlafstatt zu begeben, und nahm das ganze Gefolge mit sich. Die Halle lag leer und still, nur die Prinzessin saß mit traurig geneigtem Kopf auf ihrem Platz – und dicht bei ihr, auf einer Geweihspitze, hockte die Elster. Angezogen von allem, was funkelt und strahlt, hatte der Vogel das goldene Haar der Prinzessin zu seinem liebsten Spielzeug erkoren. Mit der Schnabelspitze strich er zärtlich durch die langen Locken und konnte sich an ihrem Glanz nicht satt sehen.

»Wenn ich mich der Prinzessin nähere, wird die Elster Alarm schlagen«, dachte die Jägerstochter bei sich. »Doch vielleicht kann sie ungewollt zu meiner Verbündeten werden. Noch habe ich kein Mittel, den Kronleuchter zu erreichen. Aber wenn ich wie ein Vogel fliegen könnte ...«

Schnell lief das Mädchen zurück in eine der Schatzkammern und ergriff einen tellergroßen Ohrring voller Glitzersteine. Aus dem Holzvorrat eines Kamins zog sie einen langen, geraden Ast und knüpfte beides mit ihrem Ledergürtel zusammen. Nun hing das Schmuckstück am Ende des Zweiges wie ein Köder an einer Angelrute.

Die Jägerstochter trat in den Thronsaal und schwenkte den Reif, der wie ein Feuerwerk funkelte. Mit einem freudigen Krächzen schwang sich sogleich die Elster herab, um das Schmuckstück mit dem Schnabel aufzupicken. Doch das Mädchen zog schnell die Angelrute zur Seite, so dass der Vogel seine Beute nicht erhaschen konnte. Wieder und wieder narrte sie den Vogel auf diese Weise und wich dem tödlichen Schnabel aus, der nach ihr hackte. Bei erster Gelegenheit griff sie in die Halsfedern hinein wie in die Mähne eines Pferdes und schwang sich in die Höhe.

Nun baumelte der Ohrring verführerisch über dem Schnabel der Elster. Der Vogel sprang mit gierigen Hüpfern die Höhe, und als das wenig nützte, breitete er schließlich die Flügel aus und versuchte den funkelnden Reif im Flug zu fangen. Die Jägerstochter steuerte ihn mit der Angel auf den Kronleuchter zu und erlaubte ihm dort, die Beute zu erhaschen. Während er befriedigt auf einer Elchschaufel saß und an den Edelsteinen pickte, rief sie der Prinzessin zu: »Schnell, steig auf! Ich bin gekommen, dich zu retten.«

Die goldene Prinzessin gehorchte nur allzu gern. Mit Wohlgefallen sah sie ihre Retterin, die mit blitzenden Augen und wehendem Haar auf dem geflügelten Reittier saß. Sie schwang sich hinter dem Mädchen in das weiche Gefieder und legte Halt suchend die Arme um seine Taille. Sogleich ruckte die Jägerstochter an dem Ast, so dass der Köder erneut außer Reichweite schwang und den Vogel nachsetzen ließ. Sie durchflogen das Labyrinth aus Höhlenkammern, bis sie den Ausgang gefunden hatten. Nun hieß es nur noch, mitsamt ihrem Reittier durch das Tor zu gelangen.

Die Prinzessin betrachtete die Riesentür, an deren Seite ein System aus Seilen und Gewichten befestigt war. Das Bild kam ihr bekannt vor, denn oft genug hatte sie in ihrer heimatlichen Burg zugeschaut, wie die Zugbrücke hinuntergelassen wurde. Die Riesenherrin hatte wohl geglaubt, eine richtige Königsfestung könne ohne dergleichen nicht auskommen. Nun, es sollte einer echten Prinzessin wohl gelingen, eine Zugbrücke zu öffnen!

Schnell sprang sie vom Rücken der Elster, löste die Verriegelung der Seilwinde, und schon klappte das Tor wie von Geisterhand herunter. Es landete mit einem donnernden Krachen, das man sicher bis in den hintersten Höhlenwinkel schallen hörte. Schon glaubte die Prinzessin tief in der Erde stampfende Schritte und grollende Stimmen zu vernehmen. Eilig nahm sie ihren Platz auf dem Rücken der Elster wieder ein, die angespornt von dem Köder pfeilschnell in den Himmel schoss. So flogen die beiden Mädchen in die Freiheit davon, und beim Zurückschauen schien es der Prinzessin, als ragten über die Tannenwipfel zornig geschüttelte Riesenfäuste hinweg.

Bald schon waren voraus die Zinnen des Königsschlosses zu erkennen, die geschwind immer näher kamen. Der Vogel setzte im Burghof auf, und die Mädchen kletterten von seinem Rücken. Sogleich kamen von allen Seiten die Bewohner des Schlosses herbeigelaufen, denn der goldene Lichtschein hatte die Rückkehr ihrer Prinzessin von Weitem angekündigt. Die beiden Mädchen schritten Arm in Arm durch die jubelnde Menge, bis sie oben auf der Prunktreppe angelangt waren, wo das Königspaar sie erwartete. Freudig umarmten die Eltern ihre lang verlorene Prinzessin, und der König sagte zur Jägerstochter: »Ich will auf ewig dankbar sein, und dich mit jedem Reichtum überschütten. Doch die Hand meiner Tochter und das halbe Königreich kann ich gewiss nicht ...«

Da sprach die Prinzessin: »Wollt ihr euer Versprechen brechen, Vater? Ich kann nicht glauben, dass euer Wort so wenig gilt.«

Der König runzelte die Stirn und sagte: »Soll ich dich vielleicht mit einer Frau verheiraten und ihr die Regentschaft übergeben?«

»Ja, das sollt ihr«, sagte die goldene Prinzessin.

Und so wurde es schließlich beschlossen, denn die Königstochter war nicht von ihrem Willen abzubringen – und wer konnte schon ihrem Liebreiz und ihren Überzeugungskünsten widerstehen? Die Hochzeit wurde mit großem Prunk gefeiert, und das Volk strömte von nah und fern in die Hofkapelle, um dem Paar auf dem Weg zum Altar zuzujubeln. Gerade in dem Moment, als die beiden Mädchen ihren Bund mit einem Kuss besiegelten, schwangen die Türflügel der Kirche auf, und herein traten all die glücklosen Helden, Prinzen, Ritter und auch die beiden Jägersöhne, die aus dem Zauberbann erlöst worden waren. Ihre Schwester begrüßte die beiden mit großer Freude, ließ sie an der Hochzeitstafel sitzen und nahm sie später als Königliche Oberförstermeister in den Dienst. So waren alle glücklich und zufrieden, und wenn sie nicht gestorben sind, dann leben sie noch heute.

Alessandro, der Seefahrer

In einer reichen Ebene voller Kornfelder, Obstbäume und saftiger Weiden lebte einmal ein Adelsmann, der hatte zwei Söhne. Wie in jenen Zeiten üblich, war nur der Älteste dazu ausersehen, sein Erbe zu sein. Doch als der Vater auf dem Sterbebett lag, sprach er: »Ich habe euch beide zu gleichen Teilen lieb gehabt, und so will ich euch auch zu gleichen Teilen mein Land überlassen. Die westliche Hälfte, die bis zu den Bergen reicht, sollst du bekommen, mein Ältester. Und die östliche Hälfte, die an das Meer grenzt, will ich deinem Bruder Alessandro geben.« Mit diesen Worten starb er.

Doch kaum, dass er tot war, empörte sich der Älteste gegen den letzten Willen des Vaters und drohte: »Das Land ist rechtmäßig mein, und ich werde eher zum Krieg gegen dich rüsten, als dir die Hälfte zu lassen, Bruder.«

Eine solche Gier war Alessandro fremd, und er antwortete: »Bevor ich gegen mein eigenes Blut streite, will ich lieber in die Fremde ziehen und mich mit meiner Hände Arbeit ernähren.«

Sein Bruder lachte. »Und einen feinen Knecht wirst du abgeben«, spottete er.

Davon ließ sich Alessandro nicht beirren. Er wanderte hinab an die Küste, wo eine Hafenstadt neben der anderen lag. Dort heuerte er auf einem Handelsschiff an und zog auf See hinaus, um sein Glück zu machen. Ein Dutzend Jahre durchkreuzte er das Binnenmeer, bis er jede Untiefe und jede Felsenbucht wie die Innenseite seiner Hand kannte. Mit Fleiß und Geschick arbeitete er sich empor, brachte es schnell zum Kapitän und dann zum Besitzer eines stolzen Zweimasters. Sein Schiff mit den weiß gespannten Segeln sah aus, als wolle es sogleich über die Wellen davonfliegen, und Alessandro taufte es Colomba, die Taube.

Schon bald wurde ihm das Binnenmeer zu eng. Ihn lockte das Abenteuer, und ehe ein Jahr verstrichen war, segelte er kühn durch die Säulen des Herkules in jene Leere, wo die Seekarten nur noch Riesenkraken, einäugige Zyklopen und andere fremdartige Ungeheuer zeigten. Seine Matrosen beobachteten furchtsam den Horizont, denn sie glaubten, jeden Moment könne er sich als der Rand der Erdscheibe erweisen, von dem sie hinabfallen würden.

Doch am zwölften Tage erklang stattdessen der Ruf »Land in Sicht!«, und sämtliche Matrosen, Decksleute und sogar der fassbäuchige Koch stürzten so eilig an die Reling, dass sich das Schiff bedenklich neigte. Zweifelnd hielten sie Ausschau nach dem, was der Schiffsjunge oben im Krähennest gesehen haben wollte. Dann erhob sich Jubelgeschrei, denn tatsächlich zeichnete sich am Horizont eine sandgelbe Küste ab, und als sie näher kamen, erhoben sich darauf schimmernd wie eine Fata Morgana die Türme einer fremdartigen Stadt.

Die Colomba fuhr in einen Hafen ein, dessen glatte Mauern in der Sonne so flirrend bunt leuchteten, dass sie den Fenstern einer Kathedrale glichen. Beim Näherkommen sah die staunende Mannschaft, dass es sich um ein riesiges Mosaik aus kunstvoll mit Pflanzen und Tieren geschmückten Kacheln handelte. Eine Menschenmenge war zusammengelaufen, um das fremde Schiff zu begrüßen, und aus ihrer Mitte trat ein Mann hervor, dessen weißes Gewand und weißer, geflochtener Bart ihm ein besonders würdevolles Aussehen verlieh. »Seid willkommen, Seefahrer«, sagte er. »Dies ist Kaolin, die Stadt aus Porzellan. Wollt ihr Handel treiben, so seid ihr hier am richtigen Ort, denn unser Markt ist berühmt, so weit die Palmtauben fliegen.«

Er führte sie durch einen tiefblauen Torbogen, der mit Stieren, Löwen und vierbeinigen Flügelwesen verziert war. An stufenförmigen Türmen führte er sie vorbei, die vom Boden bis zur Spitze ganz aus Porzellanblumen bestanden. Und zuletzt führte er sie auf den Marktplatz in der Mitte der Stadt, wo sie ihre Stände aufschlugen. Ihr Handel entwickelte sich über alle Maßen gut, denn die Kostbarkeiten aus Metall, die sie mit sich führten – Schmuck, Handspiegel, allerlei mechanisches Gerät – waren hier gänzlich unbekannt und wurde ihnen mit Bergen von Edelsteinen vergolten.

„Noch nie habe ich eine Stadt gesehen, die reicher und prächtiger ist als eure«, sagte Alessandro zum Abschied.

Der alte Mann lachte. »Oh nein, wir leben hier bescheiden. Fahrt weiter nach Süden, dort werden euch wahre Wunderdinge begegnen.«

So segelten sie in Richtung der Mittagssonne die Küste entlang, und der Mann hatte nicht übertrieben. Denn als erstes fanden sie eine schwarzweiße Stadt ganz aus Ebenholz und Elfenbein, als zweites eine Stadt aus glasklarem Kristall und als drittes eine aus geschmiedetem Silber. Aber immer, wenn Alessandro die Schönheit und den Reichtum dieser Orte lobte, wurde ihm gesagt: »Fahrt nur weiter nach Süden, dort warten noch größere Wunder auf euch.«

Und so kamen sie schließlich in die prächtigste und berühmteste Stadt von allen, die war ganz aus Gold und wurde auch 'Die Stadt der Zwillinge' genannt.

»Woher kommt dieser Name?«, fragte Alessandro den Knaben, der ihnen hier als Führer diente.

»Von unserem König Said und seiner Zwillingsschwester Saida«, antwortete der Junge bereitwillig. »Seit er den Thron bestiegen hat, herrscht Frieden in unserem Land, denn er hat mit seinem Kriegsgeschick alle besiegt, die nach unserem Gold trachteten. Und seine Schwester ist über alle Maßen schön und klug, so dass ihr Liebreiz selbst unsere Feinde bezaubert hat: Sie kamen als Eroberer und gingen als Freunde.«

Als Alessandro das hörte, wünschte er sich sehr, der schönen Königsschwester zu begegnen. So breitete er auf dem Markt die kostbarsten Handelsgüter aus, die er besaß, und hoffte auf sein Glück. Wie immer erregte die Exotik seiner Waren großes Aufsehen, und es dauerte nicht lange, bis er in den Palast gerufen wurde.

Durch geschmiedete Tore trat er in einen Thronsaal, dessen Glanz ihm den Atem verschlug. Das Strahlen des Goldes wäre kaum zu ertragen gewesen, hätten nicht kostbare Teppiche einige der Wände bedeckt und ihr Gleißen gedämpft. Auf einem hohen Thron saß König Said und etwas niedriger neben ihm seine Schwester. Alessandro war überrascht, als er den König erblickte, denn er hatte einen grimmigen Krieger erwartet und sah stattdessen einen bartlosen Jüngling von großer Anmut. Saids Schwester war nach der Sitte des Landes ganz in Schleier gehüllt, so dass man nur ihre Augen erkennen konnte, doch diese strahlten wie die Sterne am Wüstenhimmel.

Alessandro ließ von einem Diener die Gaben überreichen, die er für das Zwillingspaar ausgewählt hatte. Dem Herrscher schenkte er ein ausziehbares Rohr, mit dem man in weite Ferne schauen konnte. Diese wundersame Erfindung war selbst in Alessandros Heimat neu und selten gewesen. Said erwies sich als Mann von großem Scharfsinn, ließ sich die Funktion der Linsen genauestens erklären und sparte nicht mit Dankesworten. Dann wandte Alessandro sich der Königsschwester zu und ließ eine mechanische Nachtigall in einem fein geschmiedeten Käfig für sie herbei tragen. »Sie kennt die schönsten

Melodien, und ihr Gesang ist betörend wie der Blick eurer Sternenaugen«, sagte er.

Die derart gerühmten Augen lachten ihn hinter dem Schleier an, und Saida entgegnete: »Sind in eurer Heimat alle so kühn mit ihren Worten? Ich könnte euch dafür den Kopf abschlagen lassen, um ihn auf eine Schlosszinne zu spießen. Doch ich gestehe, dass ich mich gerne umschmeicheln lasse. Speist heute Abend an meiner Tafel, dann könnt ihr nach Belieben mit euren Komplimenten fortfahren.«

So kam es, dass Alessandro beim Festmahl an der Seite der Königsschwester saß. Die beiden fanden derart großes Gefallen aneinander, dass der junge Mann all seine Pläne vergaß und nicht mehr daran dachte, fremde Reiche zu entdecken. Sein Schiff blieb im Hafen, und Alessandro war damit zufrieden, zu Füßen von Saida zu sitzen und ihre warme Stimme zu hören, die Geschichten aus der Goldstadt für ihn erzählte.

Über Jahr und Tag fasste Alessandro sich ein Herz und hielt beim König um die Hand von Saida an. Der König betrachtete ihn abwägend und sprach: »Schon viele Freier haben meine Schwester zur Frau begehrt. Um sie zu prüfen, habe ich ihnen drei Aufgaben gestellt, und keinem ist es gelungen, sie zu erfüllen. Wenn du versagst, werde ich dich aus meinem Reich verbannen, und du darfst niemals mehr zurückkehren.«

Alessandro erklärte sich einverstanden, denn er liebte Saida über alle Maßen und war sicher, für sie jede Probe bestehen zu können.

Also stellte der König ihm die erste Aufgabe. »In der Steppe leben die wilden Zentaurenfrauen. Wie ihre Verwandten, die Pferde, durchwandern sie das Grasland in einer Herde aus Stuten und Fohlen. Sie sind wahre Amazonen, gewohnt mit Pfeil und Bogen umzugehen. Um deinen Mut zu beweisen, sollst du Saida die Milch einer Zentaurin als Hochzeitsgabe bringen, denn wie jeder weiß, ist Stutenmilch ein kostbares Schönheitselexier, und die einer Zentaurin umso mehr. Doch wird es dir nicht leicht fallen, eine dieser Kriegerfrauen zu bezwingen und ihr die Nahrung für ihr Fohlen zu nehmen.«

So zog Alessandro in die Steppe, um seine Aufgabe zu erfüllen. In seiner Ausrüstung hatte er eines der wundersamen Fernrohre und hielt damit nach den Zentaurinnen Ausschau. Endlich erspähte er eine Gruppe von Frauen, die soeben auf der Jagd war. Ihm gefror das Blut in den Adern, als er sah, wie sie mit wilden Schreien und trommelnden Hufen daherstürmten, die Brüste entblößt und die Haare wie Mähnen im Winde flatternd. Bald hatten sie einen Gazellenbock umringt, und ein Pfeilhagel ließ ihn zu Boden gehen. Der Anblick dieser Amazonen erschien Alessandro barbarisch, ihre halbmenschlichen Gestalten monströs, und so hatte er wenig Skrupel, Pläne zu schmieden, wie er eine von ihnen mit List oder Gewalt bezwingen könnte.

Er folgte den Jägerinnen in sicherem Abstand und war erstaunt, als er zu einem regelrechten Dorf geführt wurde. Zwar bestanden die Behausungen nur aus runden Zelten, doch waren die Tuchwände zu kunstfertigen Mustern gewebt, weiß-braune Spiralen, Rauten und Sternformen aus dem Fellhaar der Zentauren. Alessandro verbarg sich in einem Dickicht und wartete. Mehrere Tage kundschaftete er geduldig das Zeltdorf aus, um ein Mittel zu finden, wie er seinen Raub verwirklichen könne. Doch je länger er die Pferdefrauen beobachtete, die am Kochfeuer plauderten und sich gegenseitig vertraulich das Fell kämmten, und je länger er den Fohlen zusah, die zwischen den Zelten übermütig Fangen spielten, desto menschlicher erschienen sie ihm. Und er begann sich zu fragen, was seine sanfte Saida von einem Hochzeitsgeschenk halten würde, das er mit Gewalt an sich gerissen hatte.

Kaum hatte er so gedacht, als er ein neugieriges Fohlen sah, das seiner Mutter entschlüpft war und voller Entdeckerlust in die Steppe hinaus lief. Doch von dem Pferdeknaben ungesehen lauerte eine Raubkatze im hohen Gras, und durch das Fernrohr schien es geradezu, als würde sie sich schon die Schnauze lecken. Ohne lange nachzudenken, zog Alessandro den Säbel, mit dem er sich für seine Prüfung gewappnet hatte, und rannte dem Zentaurenjungen zur Hilfe. Fast kam er zu spät, denn die Katze hatte das Fohlen schon angesprungen. Doch Alessandro konnte das Untier mit einem Hieb von hinten erlegen, so dass der kleine Zentaur nichts als ein paar blutige Krallenspuren zurückbehielt.

Sogleich kam die Mutter herbeigaloppiert, herzte und küsste ihren Knaben und wandte sich dann Alessandro zu. »Sag, wie kann ich dir für deine Hilfe danken?«, fragte sie.

»Ich bitte dich, gib mir eine Schale voll von deiner Milch, damit ich sie meiner Braut zur Hochzeit bringen kann«, antwortete Alessandro.

Die Zentaurin gewährte seinen Wunsch und wirkte sogar ein wenig geschmeichelt, dass ihre Milch als Morgengabe gedacht war. Geschwind kehrte Alessandro in den Palast zurück. Als er im Thronsaal vor König Said stand, sagte dieser: »Das Abenteuer ist dir also gelungen. Wie hast du die Zentaurin bezwingen können?«

Alessandro erzählte ehrlich, was ihm widerfahren war. Die Zwillinge lauschten aufmerksam, und als er geendet hatte, sagte Saida: »Das hast du gut gemacht. Ich wusste doch, du bist ein wahrer Edelmann und würdest tun, was recht ist. Habe ich es dir nicht gesagt, Bruder?«

»Wir werden sehen«, antwortete Said. »Höre nun die zweite Probe. Dort auf dem Tisch stehen sieben aufgereihte Goldbecher. Jeder von ihnen trägt als Schmuck eine Rätselinschrift. Beweise mir deine Klugheit, indem du die Milch in jenen Becher füllst, der sich für ein Brautgeschenk eignet.«

Alessandro las die Inschriften der Reihe nach. Manche Rätsel kamen ihm bekannt vor und waren leicht zu erraten, andere Rätsel waren seltsamer und schwerer, und Alessandro nahm sich Zeit, sie alle mit Sicherheit zu lösen. Der Becher, den er schließlich wählte, trug eingeprägt den Spruch:

Kennt nur Arbeit immerzu,
braucht keine Rast und keine Ruh.
Wenn von einem Pfeil durchbohrt,
lebt es trotzdem weiter fort
und zerbricht doch leicht wie Glas.
Gib mir die Antwort: Was ist das?

Gemeint war natürlich das menschliche Herz. Zwar konnte es ohne Schaden vom Pfeil der Liebe getroffen werden, aber hatte man es an einen anderen Menschen verschenkt, wurde es dadurch nur allzu verletzlich. Alessandro verstand die versteckte Botschaft wohl. Der Becher warnte ihn davor, Saida das Herz zu brechen. Doch diese Mahnung schien ihm überflüssig, denn hatte er seine Braut erst gewonnen, würde er der treuste und aufmerksamste Ehemann sein, den die Zwillingsstadt je gesehen hatte.

Frohgemut trat Alessandro mit dem gefüllten Becher vor den König und bat ihn um die dritte Aufgabe. Said nickte und sprach: »Morgen will ich ein großes Fest geben, zu dem alle meine Höflinge geladen sind. Die schönsten Frauen des Landes werden zum Tanz erscheinen und unverhüllt ihre Gesichter zeigen. Wenn du Saida ohne Schleier erkennst und weiterhin dein Leben mit ihr teilen willst, sollst du ihr als Versprechen deiner Treue den gefüllten Becher reichen. Wählst du die Falsche, wirst du auf der Stelle mein Land verlassen und es nie wieder betreten.«

Alessandro verneigte sich bereitwillig. Er war sicher, Saida an ihren Augen und ihrer Stimme erkennen zu können. Und tatsächlich hörte er bei dem Fest oft genug ihr warmes, unverwechselbares Lachen. Doch wenn er herumfuhr, sah er sie nirgends.

Suchend irrte er durch den Tanzsaal und betrachtete alle Frauen genau, um das vertraute Augenpaar zu finden, aber keines davon gehörte Saida. Verzweiflung überkam ihn. Auch ihr Lachen verstummte, als er so lange vergebens suchte, und es war, als würde aller Klang aus der Welt verschwinden.

Hoffnungslos ließ Alessandro seinen Blick über die wirbelnde, tanzende Menschenmenge gleiten, da bemerkte er eine stille Gestalt, die einsam an einem Goldpfeiler lehnte. Es war einer der Höflinge, ein anmutiger Jüngling mit schwarzen Locken und Augen wie Samt. Alessandro wurde bleich, als er diese Augen erkannte.

Wie oft hatte er sie zwischen den Schleiern bewundert und sich gewünscht, auch den Rest der Gestalt unverhüllt zu sehen, anstatt den Körper in den weiten Gewändern nur angedeutet zu erkennen. Hatte er tatsächlich ein volles Jahr lang einen Mann umworben?

Der Jüngling fing seinen Blick auf, verneigte sich mit einem schmerzlichen Lächeln und verließ den Saal. Die Festtracht umschmeichelte seine schlanke Gestalt, er ging aufrecht und stolz, und viele der Tänzer wandten sich nach dem unbekannten Edelmann um, der so schmuck daher schritt.

Als Alessandro ihn gehen sah, kam ihm die Warnung in den Sinn, die in Rätselform den Becher in seiner Hand zierte. Einen Augenblick stand er wie festgebannt, dann schalt er sich selbst einen Narren und eilte dem Mensch nach, dem sein ganzes Herz gehörte.

Er fand den Jüngling im Garten zwischen Rosenranken, weiß wie eine Statue und genauso schön. Da trat Alessandro auf ihn zu, küsste den Siegelring an seiner Hand und reichte ihm den Becher.

Später, als die Sterne durchs Fenster der Kemenate schimmerten und die mechanische Nachtigall ihr Lied sang, lagen die Liebenden beieinander, und Alessandro erfuhr das seltsame Geheimnis, welches das Zwillingspaar umgab.

Es waren einmal – so lautete die Geschichte – ein Mädchen und ein Knabe, die sich äußerlich ähnelten wie ein Straußenei dem anderen. Doch während die junge Saida ein rechter Wildfang war, sich mit Reiterspielen und Waffengeplänkel vergnügte, blieb ihr Bruder Said ein sanfter Träumer, der die Schreibfeder dem Schwert vorzog. Als der König das Alter herannahen fühlte, entschied er deshalb, den Schutz des Reiches in die Hand seiner Tochter zu legen und sie zum Herrscher zu bestimmen. Doch konnte er dies nicht offen tun, denn niemand hätte eine Frau auf dem Thron geduldet. So ersann er einen Weg, wie sie ihre Rollen tauschen konnten. Er schickte die Kinder zu Verwandten in die Ferne, und als sie im Erwachsenenalter ans Totenbett des Vaters zurückkehrten, hatte sich Said in Frauenschleier gehüllt, während Saida die Tracht eines Prinzen trug. Niemand durchschaute ihr Spiel, sie lenkten geschwisterlich die Geschicke des Reiches und hatten die Stadt in ein wahrhaft goldenes Zeitalter geführt.

»Seit dem Tod meines Vaters habe ich den Schleier getragen«, sagte Said, »und kein Mensch weiß davon, nur meine Schwester und ich – und nun auch du, mein Gemahl.«

So war der Bund zwischen ihnen geschlossen. Alessandro und Said feierten eine Hochzeit von berauschender Pracht ... und wenn sie nicht gestorben sind, dann leben sie noch heute.

(Mancher Märchenerzähler auf dem Marktplatz behauptet, Alessandro habe seinen Bruder zur Vermählung in die Zwillingsstadt geladen. Als dieser all den blendenden Reichtum und noch dazu die schöne Braut in ihren Goldschleiern sah, sei er vor Neid und Wut mit einem lauten Knall zerplatzt. Aber das weiß niemand mit Sicherheit, während der Rest der Geschichte die lautere Wahrheit ist!)

Mittwinter

Nach so manch frivolem Märchen, dass eher für erwachsenes Publikum erdichtet war, endet unser Buch mit einer lehrreichen Weihnachtsgeschichte für die ganze Familie.

Im Winter, wenn die Nächte immer länger und die Tage immer kürzer werden, wenn alles Licht erlischt und die Welt gefriert, kommt irgendwann ein Tag, den nennt man Sonnenwende. Da ist die dunkelste Zeit überstanden und das Licht kehrt zurück. Schon immer hat man im Reich der Menschen dieses Ereignis gefeiert, mit Freudenfeuern, mit strahlenden Kerzen und überhaupt viel, viel Licht. Bei uns nennt man das Fest »Weihnachten«, und wie ihr bestimmt wisst, ist das eine ganz besondere Zeit voller Wunder und Geheimnisse. An vielen Orten hält man sich noch immer an seltsame, uralte Bräuche und Rituale, um den Sonnenwendtag zu feiern.

Zum Beispiel in einem Land weit im Osten, der Ukraine, das an der Grenze zu Russland liegt. Dort glaubt man, dass in der dunklen Mittwinterzeit die Grenzen zwischen Diesseits und Jenseits verschwinden und die Seelen der Verstorbenen zu Besuch kommen können. Das finden die Ukrainer gar nicht unheimlich, sondern sie freuen sich darüber! Beim Weihnachtsschmaus wird der Essenstisch auch für die toten Vorfahren mitgedeckt. Man bietet ihnen höflich einen Platz an, damit sie der Familie Glück bringen und sie beschützen. Das Weihnachtsessen hat ganze zwölf Gänge, einen für jeden Vollmond des Jahres. Früher hat man nämlich bei Vollmond den Göttern geopfert und ihnen leckere Speisen gebracht – heute isst man sie selbst auf.

Die Ukraine liegt natürlich ziemlich weit weg, aber Griechenland kennt ihr bestimmt! Vielleicht seid ihr sogar schon einmal im Urlaub dort gewesen? In Griechenland zündet man zu Weihnachten zwölf Tage lang überall große Feuer an, die die gesamte Nacht nicht erlöschen dürfen. Damit schützt man sich vor den »Kalikanzari«, kleinen Kobolden, die sonst zu einer echten Plage werden können. Wenn man während der Mittwintertage mal Pech hat, zum Beispiel stolpert und auf die Nase fällt oder beim Abwaschen einen Teller zerbricht, waren garantiert die Kalikanzari daran Schuld.

In Skandinavien gibt es ebenfalls die »Zwölfnächte«, in denen es ein bisschen unheimlich zugeht. Da reitet der Gott Odin auf seinem achtbeinigen Pferd durch die Luft und macht ein tolles Getöse. Wenn es um die Weihnachtszeit wild stürmt und der Wind in den Bäumen heult, kann man darin manchmal das Hufgetrappel, Hörnerblasen und Gejohle von Odin und seiner `Wilden Jagd´ hören. In Skandinavien werden die Weihnachtsgeschenke oft nicht vom Christkind gebracht, sondern von einem Ziegenbock!

Den hatte früher der Gott Thor vor seinen Wagen gespannt, wenn er donnernd über den Himmel brauste, und heutzutage steht er aus Stroh geflochten als `Julbock´ unter dem Tannenbaum.

Ja, so geht es in den Ländern der Menschen zu, wenn man Mittwinter feiert. Aber auch die magischen Wesen der Natur haben ihre Bräuche. Da gibt es zum Beispiel die kleinen Moortrolle aus dem Nordland, die zur Weihnachtszeit ganz besonderen Spaß haben. Bei ihnen ist es Tradition, zu Anbruch der Dämmerung eine wilde Tannenzapfenschlacht zu veranstalten und sich dann mit der ganzen Familie in die warme Wohnhöhle zu verkriechen, wo Äpfel über dem Feuer geröstet und Schneelieder gesungen werden. Die Moortrolle kuscheln sich dabei ganz dicht aneinander und knoten ihre langen Schwänze zusammen, um zu zeigen, wie lieb sie sich haben. Wer sich den kunstvollsten Knoten für seinen Schwanz ausgedacht hat, darf zur Belohnung bestimmen, was am nächsten Tag als Weihnachtsschmaus gegessen wird. (Meistens in Honig eingelegte Regenwürmer, denn das ist die Leib- und Magenspeise der kleinen Moortrolle.)

Aber diese Geschichte soll von einem anderen Volk handeln, nämlich den Elfen.

Wahrscheinlich habt ihr noch nie eine Elfe gesehen, denn sie können sich unsichtbar machen. Genauso gut möglich ist, dass schon einmal eine ganz offen in der Straße an euch vorbeigegangen ist, und ihr habt es nur nicht gemerkt. Sie sehen uns Menschen nämlich auf den ersten Blick recht ähnlich. Natürlich haben sie spitze Ohren, perlweiße Haut und Augen wie leuchtende Edelsteine, aber all das lässt sich mit ein bisschen Anstrengung verbergen. Gerade in der dunklen Jahreszeit durchstreifen viele Elfen das Land der Menschen, denn zu ihren Mittwinterbräuchen gehört es, die Natur festlich zu schmücken. Mit ihrer Magie helfen sie der Göttin, der Herrin der Jahreszeiten, die kahle, tote Landschaft in eine glitzernde Kristallwelt zu verwandeln. Vielleicht wisst ihr, dass keine Schneeflocke wie die andere aussieht? Oder ihr habt euch schon einmal gefragt, wo die Eisblumen an den Fenstern herkommen? Dafür sorgen die Elfen, die als Weihnachtsgeschenk den Winter damit verbringen, die Welt zu verzaubern, Schneeflocken zu kleinen Kunstwerken zu formen und mit einem Atemhauch feinste Kristallblüten wachsen zu lassen. Dieser Brauch hat seinen Ursprung in der Legende von der Lichtbringerin.

Alle Elfen kennen diese Legende, denn sie wird jedes Jahr zur Sonnenwende von den Märchenerzählern der Königin vorgetragen. Wer in der Nähe des Weißen Schlosses lebt, von dem aus die Königin ihr Reich regiert, der kann Mittwinter in ihrem Thronsaal feiern. Tausend schlanke Säulen tragen diese Kuppelhalle, deren Diamantschmuck das Sonnenlicht einfängt, so dass der ganze Saal wie ein Schneekristall glitzert und funkelt. Elfen in bunten Gewändern tanzen zur Musik der Hofmusikanten, der Glasfiedeln und

Windflöten. Dann tritt der Älteste der Märchenerzähler vor die Menge, und alles wird still. Er zupft die Saiten seiner Silberharfe und erzählt zu ihrem Klang die Geschichte von Lucia und dem Ende der Dunkelheit. Seine Stimme wird in den Kuppelbögen der Halle aufgefangen und zurückgeworfen, so dass es sich für alle Versammelten anhört, als würde der Älteste direkt neben ihnen stehen und die Legende für sie ganz allein erzählen.

Wer weiß, vielleicht kommt einer der Märchenerzähler auch unsichtbar zu dir, wenn die Weihnachtszeit anbricht. Zu Mitternacht setzt er sich an dein Bett und flüstert dir die Legende ins Ohr, damit du sie in deinen Träumen sehen kannst.

Die Legende von der Lichtbringerin

Es war einmal ein dunkler Herrscher auf einem dunklen Thron. Dem wurde von seinen Sterndeutern geweissagt, am Mittwintertag solle ein ganz besonderes Kind geboren werden: Es sei dazu auserwählt, seine Macht zu brechen.

Das Herz des Elfenherrschers war schwarz wie die Nacht, und von ihm ging eine Dunkelheit aus, die das ganze Land einhüllte. An den Grenzen des Reiches war es nur eine fahle Dämmerung, ein grauer Nebel, der über den Hügeln hing, doch je näher man dem Schloss selbst kam, desto dichter wurde die Finsternis. Im Thronsaal, der heute wie ein

Schneekristall glitzert und funkelt, war damals die Schwärze so undurchdringlich, dass man nicht die Hand vor Augen sehen konnte. Die Höflinge mussten sich durch den Saal tasten oder blind auf dem Boden kriechen, um zum König zu gelangen.

Schon seit einhundert Jahren saß der Herrscher auf seinem Thron, mit seinem vergifteten schwarzen Herzen, und nur Zauberei hielt ihn am Leben. Denn er krallte sich an seiner Macht fest und war nicht bereit, in den Kreislauf der Wiedergeburt einzutreten wie alle anderen sterblichen Geschöpfe. So stahl er seinen Untertanen die Magie, gleich einem Vampir sog er dem ganzen Elfenland die Kräfte aus, um selbst Unsterblichkeit zu erlangen.

Als die Sterndeuter das Ende seiner Herrschaft voraussagten, wurde der Elfenkönig rasend vor Zorn, schmetterte seinen Weinkelch zu Boden und schrie die Propheten an, ihm nie wieder unter die Augen zu kommen. Zitternd und bebend krochen sie auf allen Vieren aus dem Saal und flohen in die Verbannung. Der Herrscher aber rief seine Schattenkrieger zu sich, grausame, geisterhafte Geschöpfe, und befahl ihnen, alle schwangeren Frauen im Reich mit ihren Schwertern zu erschlagen. So wollte er das Kind schon im Mutterleib töten und der Prophezeiung zuvorkommen.

Fern vom Schloss auf einer Waldlichtung hatte sich ein junges Elfenpaar niedergelassen, in einer Hütte aus Holz und Moos, und führte ein zufriedenes Leben. Der Mann war ein geschickter Holzschnitzer namens Josafiel, seine Frau Marilon war weit und breit bekannt für ihre Floristenmagie.

Vielleicht wusstet ihr Menschenkinder nicht, dass eine Floristin ein magisches Geschöpf ist? Wenn ihr das nächste Mal in eine Gärtnerei oder einen besonders schön gepflegten Park kommt, solltet ihr nach spitzen Ohren und Edelsteinaugen Ausschau halten! Allem Lebendigen wohnt ein Zauber inne, damit es wachsen und gedeihen kann. Wie sonst sollte aus einer kleinen Eichel ein riesiger Baum werden und aus einem Samen, den der Wind vor sich hertreiben kann, eine strahlend bunte Blume? Pure Zauberei! Diese geheimnisvolle Kraft stammt von der Herrin der Jahreszeiten, und Marilon diente ihr. Sie hatte eine betörende Stimme und konnte mit ihrem Gesang jede Pflanze zum Wachsen bringen. In ihrem Garten blühten die schönsten Rosen, Tulpen, Schwertlilien und Narzissen fast das ganze Jahr über. Dabei lag auch hier die Dunkelheit schwer auf dem Land, und anderswo verwelkten alle Blüten, kaum dass sie ihre bunten Köpfchen aus den Blättern gesteckt hatten. Elfen kamen aus der ganzen Umgebung, um Marilons Garten zu sehen und sich an den fast schon vergessenen Farben zu erfreuen.

Im frühen April, als der Schnee geschmolzen war und Marilon mit ihrer Stimme die Osterglocken aus dem Boden lockte, trat die Herrin der Jahreszeiten zu ihr. Sie trug ihre Frühlingsgestalt, jung und schön, das Haar schwarzbraun wie der Mutterboden, die Haut so weiß und rosig wie Kirschblüten, in einem flirrenden Gewand aus Licht und

Duft. Marilon kniete vor ihr nieder und schaute mit glücklichen, vertrauensvollen Augen zu ihrer Herrin auf. Die Göttin segnete sie und sagte ihr, sie werde zur Wintersonnenwende ein Kind gebären, das dazu bestimmt sei, die Macht des dunklen Herrschers zu brechen. Doch dafür müsse sie viele Gefahren und Beschwernisse auf sich nehmen.

Marilon verneigte sich anmutig und sagte: »Es soll geschehen, wie Ihr wünscht«.

Als die Göttin verschwunden war, lief Marilon freudig zu ihrem Mann, um ihm von der Begegnung zu erzählen. Josafiel jedoch wurde sehr besorgt, als er von der Prophezeiung hörte, denn er liebte seine Frau und wollte sie nicht in Gefahr sehen.

Neun Monate später war der Winter eingekehrt, und die Schattenkrieger des dunklen Herrschers streiften durchs Land. Vom Königsschloss waren sie ausgeschwärmt, hatten das Innere des Reiches nach dem prophezeiten Kind durchsucht und Ströme unschuldigen Blutes vergossen. Nun waren sie in die Wälder des Grenzlandes vorgedrungen. Die Raben in den Baumwipfeln krächzten davon, die Blätter der Eichen wisperten davon. »Wir müssen fliehen, über die Grenze zum Menschenreich, wo unser Herrscher keine Macht hat«, sagte Josafiel zu seiner Frau. »Aber wie soll uns eine solch beschwerliche Wanderung gelingen? Du stehst kurz vor der Niederkunft und kannst kaum laufen.«

»Geliebter, sorge dich nicht«, sagte Marilon. »Die Gefahr ist nah, doch ich vertraue meiner Herrin. Die Göttin wird uns helfen, wenn wir ihre Hilfe am nötigsten haben.«

Da atmete die Herrin der Jahreszeiten einen kalten Hauch über die Landschaft. Der

Boden überzog sich mit dickem, glitzerndem Schnee, wie geschaffen für Schlittenkufen. Raureif wuchs die Stämme der Bäume empor, breitete sich über die Äste aus und umschloss jede Tannennadel wie ein funkelndes Geschmeide. Und als der ganze Wald einer Zuckergusslandschaft glich, trat aus dem Dickicht ein weißes Rentier hervor. Es verneigte sich vor Marilon und berührte ihren schwangeren Bauch ganz sanft mit der Nasenspitze, als wolle es dem ungeborenen Kind seine Aufwartung machen.

Da sprach Marilon zu ihrem Mann: »Geliebter, du kannst uns einen Schlitten bauen, und das Rentier wird uns in Windeseile bis zur Grenze des Reiches ziehen.«

Mit seinen geschickten Händen brauchte Josafiel nicht lange, bis er einen einfachen Pferdeschlitten gezimmert hatte. Seine Frau bat einige Efeuranken, sich zu einem festen Geschirr zu verflechten, mit dem sie das Rentier einspannen konnte. Schon hallten hinter ihnen die schauerlichen Jagdrufe der Schattenkrieger durch den Wald und kamen immer näher. Schnell setzten sich Marilon und Josafiel auf den Schlitten, und das Rentier stob davon.

Drei Tage und drei Nächte flohen sie durch Wald und Wiesen, über Hügel und Täler, die Schattenkrieger immer dicht auf den Fersen. Vor ihnen vereiste der Weg, und die Landschaft erstarrte in Schneekristallen. Oft konnten sie im Dämmerlicht die gespenstischen Gestalten hinter sich erkennen, heulend wie eine blutgierige Hundemeute. Doch das Rentier war stets schneller als seine Verfolger, und die Dunkelheit verblasste zusehends, während sie auf die Grenze zueilten.

Am Morgen des dritten Tages lag eine weite, schneeweiße Ebene vor ihnen. Genau in der Mitte trafen Dunkelheit und Licht aufeinander, als würde eine unsichtbare Wand sie trennen. Das war die Grenze zum Menschenreich. Das Rentier strengte sich bis zum Äußersten an. Die Schattenkrieger verfolgten es mit blutigen Schwertern. Manche hatten die Gestalten gespenstischer Wölfe angenommen, die nach seinen Hufen schnappten. Das Fell des Tieres war schweißnass, sein Atem ging rasselnd, Schaum stand ihm vor dem Mund ... und ehe sie sich versahen, war die Grenze überschritten. Klares Sonnenlicht empfing sie.

Josafiel und Marilon waren fast erschrocken über die plötzliche Helligkeit. Ihre an Dämmerung gewöhnten Augen blinzelten Tränen fort, als sie auf die strahlenden Farben starrten. Ein weiter blauer Himmel breitete sich über ihnen aus, und weiße Schäfchenwolken zogen darüber hinweg.

Einige der wölfischen Krieger waren ihnen nachgestürzt, doch die Schattengestalten verpufften im Sonnenschein wie dünner Rauch. Der Rest blieb machtlos auf der anderen Seite der Grenze gefangen, wo sie dem Paar zornig hinterhergeiferten.

Die Elfen bedankten sich bei dem Rentier, befreiten es aus seinem Geschirr und machten sich zu Fuß auf den Weg über die Ebene. In der Ferne sahen sie Rußwolken aufsteigen, die von den wärmenden Kaminfeuern eines Menschendorfs stammten. Dort gab es Schutz vor der Winterkälte und eine Gelegenheit, sich von der Flucht zu erholen.

»Wir sind fremd hier«, sagte Josafiel. »Ich weiß nicht, wie sie uns empfangen werden.«

»Heute ist Mittwintertag«, sagte seine Frau. »Bald werden die Wehen einsetzen. Sicher werden die Menschen keine Schwangere abweisen?«

Doch als sie ins Dorf kamen und an die Türen klopften, schlug ihnen überall nur Misstrauen entgegen. Die Menschen forderten Bezahlung in klingender Münze, und so etwas besaßen die Elfen nicht. Schließlich fanden sie abseits des Dorfes einen einsamen Stall, in dem sich das Vieh bei Regen und Schnee unterstellen konnte. Josafiel bereitete seiner Frau ein Lager aus Stroh und hielt ihre Hand, als die Schmerzen begannen. Die Geburt dauerte lang und war qualvoll, wie es nun einmal bei Elfen- und Menschenmüttern zu sein pflegt. Inzwischen war die Nacht hereingebrochen, und über dem Stall leuchteten die Sterne hell und klar. Das Kind schob sich heraus, hatte Lockenhaar wie pures Gold und ein paar entzückende spitze Elfenohren. Als Josafiel mit seinem Schnitzmesser die Nabelschnur durchtrennte, flammte über dem Stall ein Sternschnuppenregen auf wie ein himmlisches Feuerwerk.

Marilon legte glücklich das Kind an ihre Brust und sprach: »Ich werde es Lucia nennen. Denn das heißt `Lichtbringerin´ wie meine Herrin geweissagt hat.«

Gleich darauf erklang rund um den Stall und auf dem Dach ein Kratzen und Scharren und das Huschen kleiner Pfoten. Das waren die Tiere des Feldes und Waldes, die das gesegnete Kind begrüßen und ihm Geschenke bringen wollten. Zuerst hüpften die Eichhörnchen herbei und legten leckere, nahrhafte Nüsse zu Füßen der Elfenfamilie nieder. Dann folgten trotz der nächtlichen Stunde die Bienen in einem summenden Schwarm, um Honig und Pollen zu bringen. Viele bunte Vögel ließen sich auf dem Dach und den umstehenden Bäumen nieder und sangen aus voller Kehle. Zuletzt kamen die verschiedensten Pelztiere in den Stall gehuscht: Mäuse und Kaninchen, Füchse, Dachse, Luchse und Rehe. Sie alle zupften sich ein paar Flocken von ihrem weichsten, wärmsten Fell aus der Brust und schenkten es dem Kind, so dass Marilon und Lucia bald wie in einem kuscheligen Nest eingehüllt lagen und die Kälte ihnen nichts mehr anhaben konnte. Ja, so geschah es in der wundersamen Nacht, als die Lichtbringerin geboren wurde.

Josafiel und Marilon wagten nicht, mit ihrem Kind ins Elfenreich zurückzukehren. Der Sternschnuppenregen hatte den dunklen Herrscher gewarnt, dass der erste Teil der Prophezeiung erfüllt war. Er fürchtete um sein Leben, und sein Herz wurde noch schwärzer und das Elfenreich noch dunkler als zuvor. So wuchs Lucia versteckt unter den Menschen auf. Das Goldhaar hatte sie mit Walnuss gefärbt, die spitzen Ohren darunter verborgen, die perlweiße Haut mit Erde braun getönt. Man sah ihr die Fremdheit kaum noch an. Ihre Eltern hatten sich in einer kleinen Stadt als Zimmermann und Gärtnerin verdingt, wo sie bald genug Kupfermünzen verdienten, um ein einfaches, zufriedenes Leben zu führen. Manchmal, wenn sie den hellen, blauen Himmel über sich sahen und ihnen die Sonne ins Gesicht strahlte, vergaßen sie ihre Heimat fast, wo es nichts als ewigen Schatten gab.

Doch an Lucias zwölftem Geburtstag, als sie im Garten mit den tanzenden Schneeflocken spielte, trat plötzlich eine Frau zu ihr, die schien uralt und jung zugleich. Ihr Haar war so weiß wie der Winter, ihre Augen hatten die blaue Farbe von Gletscherspalten, und ihr Gewand funkelte, als sei es aus Eiskristallen gewebt. »Weißt du, wer ich bin?«, fragte die Frau.

Lucia antwortete: »Du bist die Herrin der Jahreszeiten. Meine Mutter hat mir viel von dir erzählt.«

Die Göttin lächelte und sprach: »Du bist nun alt genug, um deine Aufgabe zu erfüllen. Verabschiede dich von deinen Eltern, überschreite die Grenze und folge dem schwindenden Licht bis ins Herz der Dunkelheit. Dort wirst du den Herrscher finden, der einsam auf seinem Thron sitzt. Lass ihn in meinem Namen wissen, dass nichts unsterblich ist und er in den Kreislauf der Natur zurückkehren muss so wie alles, was mein ist.«

Das Mädchen verneigte sich und tat, wie ihm geheißen war. Als sie ihren Eltern von den Worten der Göttin erzählte, gerieten diese in große Sorge. »Du bist nur ein Kind«, sagte ihre Mutter. »Wie sollst du allein bis zum Thron des Herrschers gelangen?«

Und ihr Vater fiel ein: »Die Schattenkrieger lauern noch immer an der Grenze. Sie werden dich töten, sobald du auch nur einen Fuß ins Elfenreich setzt.«

Aber Lucia ließ sich nicht beirren. »Die Herrin hat es mir aufgetragen. Ich vertraue ihr. Sie wird mich beschützen.«

Da ließen ihre Eltern sie ziehen. Sie folgten ihr bis an die Grenze, wo tatsächlich die Krieger des Königs warteten, einem Rudel hungriger Wölfe gleich. Voller Angst sahen sie zu, wie ihr Kind in das Dunkel trat.

Doch kaum hatte Lucia einen Fuß in die schwarzmagische Nacht gesetzt, da erstrahlte ihre ganze Gestalt in einem weißen Licht. Sie funkelte wie Schnee in der Sonne, leuchtete hell wie die vielen warmen Kerzenflammen, mit denen die Menschen zur Mittwinterzeit ihre Stuben und Tannenbäume schmücken. Als die Schattenkrieger von diesem Licht berührt wurden, verpufften sie zu Rauch, und ihre Schwerter fielen nutzlos zu Boden. Lucia aber schritt tiefer ins Elfenreich hinein, bis ihre Gestalt in der Ferne einem kleinen Glühwürmchen ähnelte und schließlich ganz verschwand.

Das Mädchen ließ sich von den Worten der Göttin führen und folgte stets der Richtung, wo die Dunkelheit am tiefsten schien. Schließlich stand sie vor den gewaltigen Toren eines Schlosses. Bei der Berührung ihrer Hand sprangen die schweren Riegel auf und gaben ihr den Weg frei. Sie schritt über den Hof, und die Schwärze legte sich um sie wie ein enger Mantel, so dass sie nur noch das Pflaster zu ihren Füßen sehen konnte. Doch sie ging unbeirrt geradeaus und gelangte ins Innere des Schlosses. Am Echo ihrer

Schritte erkannte sie, dass sie sich in einem langen Gang befand. Der Fußboden vor ihr bestand aus feinstem polierten Marmor. Manchmal hörte sie rechts oder links das Rascheln von Kleidung oder verstohlene Bewegungen. Das waren die Höflinge, die vom Herrscher gesandt worden waren, Lucia aufzuhalten. Aber sie waren feige Kreaturen und keiner von ihnen wagte es, dem Mädchen und ihrem Licht entgegenzutreten.

Schließlich erreichte Lucia eine hohe Flügeltür, die mit goldenen Blumenranken und einer Krone verziert war. Furchtlos schritt sie hindurch in die Schwärze, die hier so dick wie Tinte war, und näherte sich erhobenen Hauptes dem Thron. Sie hatte gerade die Mitte der Säulenhalle erreicht, da sagte eine tiefe, hallende Stimme: »Halt! Wage es nicht, mir nahe zu kommen. Weißt du nicht, wer ich bin? Dieses Reich gehört mir und alles, was darin ist. Verbeuge dich vor deinem Herrscher, kleine Elfe.«

Doch Lucia ging nur weiter geradeaus, direkt auf die Stimme zu, und antwortete: »So spricht die Göttin, die Herrin der Jahreszeiten: Nichts ist unsterblich, und du musst in den Kreislauf der Natur zurückkehren wie wir alle. Die Angst vor dem Tod hat dein Herz vergiftet, und du raubst deinem Reich alle Lebenskraft, um dich selbst zu retten. Warum fürchtest du dich? Die Blumen verwelken jedes Jahr und sprießen neu im Frühling. Auf den Tod folgt das Leben und auf den Leben der Tod. Sträube dich nicht länger.«

Bei diesen Worten hatte sie den Thron erreicht und legte dem Herrscher die Hand auf die Brust. Da drang ihr Licht bis in die Schwärze seines Herzens, so dass es wieder zu schlagen begann, pochte und fühlte wie jedes sterbliche Herz. Der Herrscher aber stand von seinem Thron auf, fiel auf die Knie und weinte. Die Dunkelheit, die er verbreitet hatte, löste sich auf, wich zurück wie eine Wand aus Schatten, zuerst aus dem Thronsaal, dann aus dem Schloss und schließlich aus dem ganzen Reich bis an seine Grenzen. Lucia schaute den Mann an, der solches Leid über das Volk der Elfen gebracht hatte. Er war vertrocknet vom Alter, eine Mumie in goldprunkenden Gewändern, und betrachtete sie mit brennenden Augen. »Verzeiht mir, Herrin«, sagte er. Dann zerfiel er unter ihren Händen zu Staub, und im Saal erhob sich ein sanfter Wind, der ihn fortblies, um sich draußen mit dem fruchtbaren Boden zu vermischen.

So geschah es, dass das Reich der Elfen von hundert Jahren der Finsternis erlöst wurde. Im ganzen Land herrschte großer Jubel, als die Dunkelheit verschwand und die Magie zurückkehrte. Und als der nächste Frühling kam, schmückten sich Wiesen und Wälder mit einer so farbigen Blumenpracht, wie man sie noch nie zuvor gesehen hatte. Das dankbare Volk krönte Lucia zur neuen Königin, und ihre Kinder und Kindeskinder herrschen im Weißen Schloss bis auf den heutigen Tag.

Das alles ist nun schon über zweitausend Jahre her, aber die Elfen feiern noch immer das Wunder von Lucias Geburt. Sie hören andächtig den Geschichtenerzählern zu und danken der Herrin der Jahreszeiten, weil sie Josafiel und Marilon mit ihrem Winterzauber zur Flucht verholfen hat. Deshalb gehört es zu ihren Weihnachtsbräuchen, die Natur kunstvoll zu schmücken. Und wenn ihr das nächste Mal Eisblumen an eurem Fenster seht, dann wisst ihr, dass eine Elfe dort gewesen ist, um mit ihrem Atemhauch glitzernde Winterblüten auf das Glas zu zaubern.

Ulrike Nolte

arbeitet als Autorin und Übersetzerin in Hamburg. Als Science-Fiction-Begeisterte hat sie bereits zwei Romane und verschiedene Kurzgeschichten veröffentlicht.

Mit »Märchenhaft!« wagt sie sich auf das noch unbekannte literarische Terrain schwullesbischer Sagen und Märchen.

Mehr Informationen zur Autorin und Hintergrundinformationen zu den einzelnen Märchen finden Sie unter **www.ulrike-nolte.de**

Rebecca Stein: »Bäuerin sucht Frau«, Softcover, 247 Seiten, 12,90 EUR

»Ich will mich endlich mal wieder richtig verlieben!«, gesteht Ökobäuerin Sylvia tief seufzend ihrer besten Freundin Antje. Doch in Dörfern wie Pleßnitz gibt es keine Lesbenszene. Das macht die Suche nach der Einen schwierig. Dass gleich zwei Frauen bei der Singleversteigerung des alljährlichen Dorffestes für Sylvia bieten, ist da schon ungewöhnlich.

ISBN 978-3-942086-03-5

Britta Paschilk: »Die Sache mit Mamas Freundin«, Softcover, 162 Seiten, 9,90 EUR

Für Basti ist die Welt in Ordnung - er ist Mamas »Großer«, spielt mit seiner besten Freundin Maya Fußball und soll auch noch beim Vorlesewettbewerb gegen seinen Rivalen Domenik antreten. Doch dann hat Mama sich frisch verliebt und nichts ist mehr wie vorher! Denn die neue Liebe ist eine Frau!

ISBN 978-3-942086-00-4